MW01252550

Anonyme

Le poisson de jade et l'épingle au phénix

Traduit du chinois et annoté
par Rainier Lanselle

Gallimard

Ce conte est extrait de *Le poisson de jade et l'épingle au phénix.*
Douze contes chinois du XVIIᵉ siècle
(Connaissance de l'Orient 2, n° 47).

La belle, aux jeux badins, se distingue à mer-
    veille,
Le lettré, à séduire, se montre sans pareil.
Tel le Pavillon de l'Ouest[1]*, cet ouvrage,*
    assurément,
Met en scène les amours et les moments
    galants.
Notre présent roman de Plaisir et rancune
Figure en bonne place sous « le vent et la
    lune[2] » ;
Mais, écrit pour délasser, il est volontiers
    goguenard :
Laissons le soin aux autres des épanchements
    geignards !

On raconte que dans la préfecture de Yangzhou[3], sous-préfecture de Yizhen, vivait un bachelier du nom de Xu Xuan, qui avait pour second nom personnel Xuanzhi. À dix-huit ans, orphelin depuis déjà longtemps, aucune charmante épouse ne partageait encore son toit. Riche de connaissances acquises çà et là au hasard des classiques et des ouvrages historiques, son verbe était facile. De belle figure et de maintien altier, rompu à toutes les disciplines, c'était un garçon dont la distinction n'avait rien à envier à celle de Zhang Han [4] et dont les écrits soutenaient la comparaison avec ceux d'un Ban Gu ou d'un Sima Qian [5].

Un jour, alors qu'il s'en allait flâner du côté des faubourgs, notre bachelier aperçut un essaim de jeunes femmes folâtrer gaiement en haut d'un pavillon. Levant la tête, il les contempla : leur apparence aurait confondu poissons et oies sauvages ; leurs visages auraient éclipsé la lune et fait rougir les fleurs ! Il s'effaça bien vite.

« Quelles ravissantes jeunes femmes ! se dit-il. Quel dommage qu'un garçon comme moi, au goût si sûr, n'en ait pas encore trouvé une seule qui réponde à ses espérances ! Parmi toutes ces belles, il pourrait bien y en avoir une pour moi ! » Frustré dans ses désirs, il s'en retourna, le cœur chagrin, dans sa bibliothèque, et composa ce poème pour tenter d'apaiser sa mélancolie :

Dessus le pavillon, les belles entrevues
Ont égaré mes sens, troublés à leur insu.

Un vol par trop fougueux gâte-t-il pas la fleur ?
Papillons de printemps : modère-t-on leurs
    ardeurs ?
Ce cœur qu'amour embaume, las ! à qui le
    confier ?
À de longues rêveries je l'ai abandonné.
Ces rires tendres et doux se troublent et dispa-
    raissent,
Laissant, indifférents, ce cœur qu'un mal
    oppresse.

Le lendemain matin, il retourna au même endroit et attendit longuement, mais les fenêtres du pavillon restèrent closes : pas une seule ombre ne se montra. Tout contristé il s'en revint, marchant d'un pas lent.

Or, lorsqu'il parvint à la porte du jardin de derrière, il leva la tête et aperçut, dans la maison d'en face, une charmante jeune fille. Elle devait avoir une vingtaine d'années. Le sourcil fin, le visage effilé, ses yeux charmeurs ressemblaient à une onde irisée. Nul besoin de poudres ni de fards : les blancs et les rouges de son visage n'étaient dus qu'à la nature. Pleine de distinction, sa silhouette ressemblait au pommier fleuri mû par la brise et sa vive plénitude n'était pas sans évoquer les gouttes de rosée qui parsèment les larges feuilles du lotus.

Vivement troublé, Xu Xuan se dit en lui-même : « C'est donc la fille des voisins, les Shi. J'avais en effet entendu dire qu'elle était belle : je vois qu'on ne m'avait pas menti ! » Et, s'approchant de la maison, il la contempla de plus près. La jeune fille eut un petit rire et rentra prestement à l'intérieur.

« Me voilà fou d'amour ! se dit Xu. Et puis tiens ! Sa fenêtre donne juste en face de celle de mon pavillon de jardin. Je n'ai qu'à y faire transporter mes livres et tôt ou tard je la reverrai. Qui sait ? Peut-être sommes-nous destinés l'un à l'autre. » Et, sans perdre un instant, il emménagea dans le pavillon avec tout son nécessaire : matériel d'écriture, lit, courtine et vêtements. Il ouvrit la fenêtre, fit brûler de l'encens et se mit à l'étude, tout en attendant avec impatience que la jeune fille des Shi se montre à nouveau.

On aurait pu dire :

Ici-bas la nuit claire sera-t-elle agitée ?
La belle dans les airs voudra-t-elle se montrer ?

Mais parlons plutôt de cette fille des Shi.

Lorsqu'il était encore de ce monde, son père était un richissime saunier. Originaire de Huizhou[6], il avait eu des affaires à traiter à Yangzhou et avait fini par s'établir dans cette préfecture. Il était mort depuis déjà longtemps et la jeune fille vivait seule avec sa mère. Arrivée à l'âge de vingt et un ans, elle n'avait pas encore été promise en mariage, car, tout en dédaignant les partis trop mesquins, elle ne pouvait prétendre à un trop noble hymen. Sa mère, à l'époque où elle la mit au monde, avait vu en rêve une cour envahie d'hibiscus ; c'est ainsi qu'elle lui donna pour nom Rongniang, la Fille aux Hibiscus. Dès son jeune âge on la confia à un maître, si bien qu'il n'existait point de livre qu'elle n'eût étudié. D'une intelligence vive, les travaux d'aiguille n'avaient aucun secret pour elle ; quant aux compositions poétiques de tous genres, elle y excellait avec un rare talent. Sa beauté ravissante et son caractère noble auraient pu la faire prendre pour une immortelle descendue des éthers, et non pour un vulgaire produit de ce bas monde. Souvent elle ouvrait sa croisée et contemplait à la dérobée les fleurs du jardin de Xu Xuan.

Un jour, alors qu'elle regardait dépérir le printemps, alors que les rouges déclinaient au profit des verts, elle se dit dans un soupir : « La distinction laisse la place au vulgaire. Rien ne peut retenir le printemps qui s'en va ! » Et, empruntant des vers à des poésies régulières des Tang, elle écrivit ce poème composite[7] intitulé *Au soir du printemps* :

Dès que vient cet instant je redoute l'aquilon,
    (Lai Peng)
Mais à voir ce printemps, tout n'est-il pas char-
    mant ? (Yang Chengzhai)
Sous la lune et les saules nous dansons et
    chantons, (Dame Bouton de Fleur)
Au Village d'Amandiers le bouchon flotte au
    vent[8]. (Xie Wuyi)
Le loriot esseulé crie à travers la plaine, (Lu
    Lun)
Surgissant du Fleuve Luo, le Mont Quing est
    trompeur. (Xu Hun)
Au printemps, on le sait, on n'est gai qu'avec
    peine, (Cui Lu)
Recueillons sous les arbres les rouges qui se
    meurent. (Wang Ting)

Quand elle eut écrit ces vers, elle ne remonta pas à la fenêtre.

Or le jour où Xu Xuan l'aperçut était précisément celui où elle composa cet adieu printanier. Nouvellement emménagé dans son pavillon de jardin, le jeune homme, tout enfiévré, attendait impatiemment le moment où il l'apercevrait à nouveau. Mais à sa grande déception son

espoir fut vain. Ne sachant comment
apaiser son dépit, il feuilleta un livre et
trouva par hasard un poème à chanter
intitulé *Au soir du printemps*. Il le déclama :

Que l'homme s'y fasse : c'est la fin du prin-
    temps.
Voués aux travaux, les chevaux vont par
    ordre.
Que viennent les fruits : les pêchers sont fanés.
Ne blâmons pas le vent félon,
Les saules déjà portent leur ombre,
Goûtons l'ultime éclat de lune,
Les verts s'affirment, les rouges fondent.
Voici venir le temps des soucis, des tourments…
Allongent les jours ? Langueur abonde.
L'âme se sent chagrine comme au temps d'un
    adieu.
Allons choisir les filles graciles :
Nous saurons qui d'elles est jalouse.
Les chants d'oiseaux, derniers lambeaux, doré-
    navant poussent aux labours.
Toiles d'araignées au fil de l'onde : voilà les
    liens des tendres cœurs.
Buvons, car c'est permis, un bon vin convi-
    vial,
Du printemps, un instant, oublions le travail.
Il n'est d'autre moyen que les Trois Repas
    Froids
Pour tenter d'écourter le mois d'heureuses ren-
    contres.

C'était hier la Clarté Pure[9],
La femme, à la croisée, espère que vienne
   l'onde,
Demain la Pluie des Céréales[10],
Et au Puits du Dragon[11], le thé se fait attendre.
Près de Beimang allons aux tombes[12],
Sous le soleil, poiriers jolis,
À la Rive Sud : adieu, ami[13] !
Car entre nous coulera l'onde.
Celui qui doit partir, peut-on le retenir ?
Mais si le Ciel en décidait, les vieilles fleurs
   refleuriraient !
De devoir nous quitter elles-mêmes en sont
   fâchées.
Le loriot des voisins, est-il vieux ou joli ?
En matière de beauté, peut-on juger ainsi ?
Les fleurs, hélas ! sont insensibles,
Et les chevaux, eux, ont une âme.
Pour que pivoines s'épanouissent,
Il faudra bien qu'une année passe.
À peine planté, le magnolia
Fleurirait-il cette année-là ?
Dans les domaines riches et somptueux,
Des clartés disparues on ne se soucie guère,
Car aux nouvelles venues des champs,
On croit que le printemps n'est qu'à son com-
   mencement.
Mais si dans une année tout doit nous reve-
   nir,
À quoi bon aujourd'hui voir cet instant par-
   tir ?

Quand il les eut lus, il ne put s'empêcher de ressentir une grande admiration pour ces vers. Puis, insensiblement, il commença à s'endormir.

À ce moment, son jeune serviteur apporta le thé : le breuvage était merveilleusement délectable. Xu Xuan décrocha du mur son *qin* précieux[14], qu'il posa sur une tablette. Puis il fit brûler de l'encens. «Voilà de quoi délasser mon esprit endolori et apaiser la mélancolie qui me tourmente», se dit-il.

Comme s'écoulaient les notes pures de l'air intitulé *Les rougeurs des pêchers de Chengdu,* on pouvait voir danser la Grue Noire[15], entendre le discours du Sycomore Calciné[16] et comprendre les sentiments portés par les sonorités de jade. En un instant, parmi les sterculiers, s'éleva le chant du faisan[17], comme si l'on y avait fait suspendre des miroirs.

Puis Xu Xuan joua un autre air : *L'automne dans le Palais des Han.*

Il ne l'avait pas terminé que le grincement d'une fenêtre se fit entendre dans la maison d'en face et que deux ravissantes jeunes filles apparurent. C'était justement Rongniang qui, entendant les notes cristallines du *qin,* était montée au pavillon en compagnie de sa servante

Qiuhong, Cygne d'Automne, et avait ouvert la croisée. En voyant le jeune homme pincer les cordes de son instrument, elle ne se cacha point. De son côté, l'étudiant sentit son cœur s'embraser. Il joua alors un autre air, *Amertume de Yangchun,* où les sanglots se mêlaient aux plaintes et où les tourments se doublaient de colère. Comprenant les sentiments qu'il exprimait à travers son jeu, la jeune fille se sentit envahie par le désir qui anima jadis Zhuo Wenjun [18]. Les sens éveillés, elle regrettait amèrement que des ailes ne lui poussassent aussitôt, qui eussent pu la porter céans aux côtés de la cithare.

Mais on entendit une voix appeler : «Madame désire voir sa fille!» Rongniang descendit alors, non sans avoir lancé un regard à Xu Xuan.

Quand elle fut partie, le jeune homme remit son *qin* au mur. Le cœur enjoué, il but un peu de vin et alla s'allonger tout habillé. Perdu dans ses pensées, il se dit : «Cette jeune fille a visiblement été touchée. La fenêtre de son pavillon est d'ailleurs restée ouverte : sans doute va-t-elle revenir... Je vais l'attendre.»

Mais à ce moment son serviteur vint lui apporter un tube scellé [20]. «Maître, dit le jeune garçon, on est venu pour vous.» Ne

Celle qui «comprend le sens de la musique [19]» dévoile son cœur embaumé.

Un sentiment exprimé du coin de l'œil.

sachant de qui le message provenait, Xu Xuan le décacheta et s'approcha de la lampe. C'était un poème, qui disait :

Pincées par mon voisin, les cordes cristallines
Ont osé un message, transmis du bout des
*   doigts.*
Jusque-là sans écho, ses pensées, je le vois,
N'eurent point d'autre témoins que la lune
*   opaline.*

Fort surpris, il demanda qui avait apporté ce message. Le serviteur répondit : « C'est la grande sœur Qiuhong, de chez les Shi, maître ; elle vous attend en bas. »

À ces mots, l'étudiant descendit en toute précipitation, comme s'il lui était poussé des ailes. Il vit une ravissante servante qui se tenait là, sous la lune.

« Ma maîtresse est ici, dit-elle. Elle désire vous parler. » Et son regard se porta sur une jeune fille parée de riches vêtements ; les cheveux de ses tempes étaient plus noirs que le plumage de la corneille, ses sourcils s'arquaient en deux petits balais d'azur, tandis qu'elle cachait à moitié ses lèvres vermeilles. D'un pas léger de ses pieds menus, elle s'approcha et lui souhaita dix mille bonheurs [21], ce à quoi le jeune homme s'empressa de

Dans son rêve, il croit rêver !

répondre par une profonde révérence. Il se dit en lui-même : aurais-je pu imaginer me trouver un jour en présence d'une créature aussi digne d'amour ? Ne serait-ce pas un tour que me jouent les esprits ? » Et, encore incrédule, il s'adressa à sa visiteuse : « Puis-je savoir ce qui vaut tant de délicate bienveillance à l'infime étudiant que je suis ? »

La jeune fille se couvrit le visage de sa manche, eut un petit rire, et répondit : « Monsieur, si vous voulez savoir ce qui m'amène, montons à l'étage, nous en parlerons plus à loisir. » Puis, s'adressant à sa servante : « Retourne à la maison, lui dit-elle. Si ma mère me demande, tu lui répondras que je dors. »

Avec mille précautions, Xu l'invita à monter, et, arrivés en haut, ils prirent place. Rongniang reprit : « Tout à l'heure, en vous entendant au *qin,* une émotion m'a envahie, j'ai été comme surprise au détour d'un chemin. Ma visite n'a d'autre motif que de chercher pour nous une union de cent ans. Peut-être n'y verrez-vous pas ombrage ? »

Très honoré, le jeune homme répondit :

« Mes talents n'égalent en rien ceux d'un Zijian [22] et ma figure ne saurait rappeler celle de Pan An[23]. Mes vertus méritent-elles qu'une immortelle descende pour moi des cieux?

— Combien de printemps comptez-vous? s'enquit la jeune fille.

— J'ai dix-huit ans. Je suis né le cinquième jour du huitième mois, à l'heure *wei*[24]. Puis-je connaître à mon tour votre âge délicieux?

— Votre servante a vingt et un ans. Je suis née le cinquième jour du huitième mois, également à l'heure *wei*. Notre rencontre, à n'en pas douter, a été voulue de toute éternité. »

Sur quoi Xu Xuan l'enlaça, et en instant l'on vit :

Nuages fondre en pluie féconde,
Abeilles danser leur folle ronde.
Une beauté de perdition rend celui-ci sensuel,
Tandis qu'elle se meurt d'amour pour un lettré immortel.
Alors qu'encore timide elle contient ses désirs,
Il l'abuse à son gré, sans plus se retenir.
S'exerçant aux poèmes, son cœur était en fleur,
Mais il dérobe les jades et vole les senteurs.
Son corps, à elle, est faible,
Son cœur, à lui, est chaud !

Peu après, les nuages se dissipèrent sur Gaotang et la pluie s'éloigna de la Grotte de Chu. Les deux amants composèrent le huitain que voici :

À vrai dire ces amours, il est rare qu'elles
  abondent,
Car en un seul instant vint la félicité,
On comprend l'attachement du poisson et de
  l'onde,
Ou celui des phénix qui se sont épousés.
Étonnée, dans la nuit, une ombre solitaire
Fronçait ses deux sourcils quand revenait prin-
  temps.
Liés par le destin à l'heure crépusculaire,
Ils seront à l'abri pour une vie de cent ans.

Quand ils eurent écrit ces vers, Xu se tourna vers Rongniang et lui dit :

« Notre heureuse union de ce soir n'est pas ordinaire. Mais je crains que désormais notre séparation ne soit déchirante. Quel bonheur que ce matin vous n'ayez pas dédaigné les quelques notes de ma musique !

— Ma mère, hélas, est une femme singulière, répondit la jeune fille, et qui jusqu'à présent a négligé mon mariage. Notre rencontre est en effet un grand bonheur, que pourrait suivre une longue union. Mais je crains que vous ne la considériez comme une victoire trop facile et qu'hélas! je ne sois un jour amenée à pousser le *Soupir de la Tête Blanche*[25]... »

Le temps passa insensiblement et l'on entendit le tambour sonner la cinquième veille. Détachant de sa chevelure une épingle en or ornée d'un phénix, la jeune fille prit un pinceau et composa ce poème à chanter sur l'air *Amertume sur le Fleuve Xijiang* :

Affiné avec soin d'un minerai précieux,
Elle a été fondue par un habile orfèvre.
Ce n'est pas un mince présent d'une amante
    emplie de fièvre !
Je le mets dans vos mains, ce contrat amou-
    reux !
La jeunesse, à regret, ne dure pas sans fin,
Et à notre vieillesse, ménageons un soutien.
Mes pensées sont toutes à vous, mon cœur est
    plein de tourments,
Le coucou chante et saigne[26] *: c'est le mal du*
    printemps...

Quand elle eut terminé, elle lui remit l'épingle et lui dit : « Cet objet est fait d'un or du Lac Poyang[27] affiné avec soin, il est un authentique joyau reconnu des Langhuang par une nuit pluvieuse[28]. Brisez-le : il saura dans nos cœurs faire régner l'unisson. Laissez-le tel qu'il est : il sera le principe de la reviviscence. Il est

21

l'ondée féconde d'un soleil scintillant, non l'arc-en-ciel trompeur de l'habile artisan. Cette épingle est la meilleure des entremetteuses : gardez-vous bien de la mésestimer ! »

Xu Xuan prit le bijou avec le plus grand respect, et à son tour tira de sa manche un éventail, duquel il détacha une pendeloque de jade en forme de poisson. Puis, prenant lui aussi le pinceau, il composa un autre poème à chanter, sur l'air *Un ciel de perdrix* :

Poursuivant le printemps je me suis égaré,
J'ai croisé une fée dessous la lune claire.
À peine s'est-on aimé qu'il faut se séparer,
Sacrifier aux tourments les bonheurs délétères.
Précieux et sans pareil, ce jade étincelant
Fut poli à merveille dans sa rare élégance.
Ses écailles cependant ne viennent pas d'un
*   étang ;*
Je le donne à Chang'E[29] en gage de constance.

Une fois écrit ces vers, il remit la girandole à la jeune fille, et lui dit : « La vertu de cet objet est semblable à la vôtre, et la belle doit y faire graver son nom. Ce présent est comparable au disque de jade provenant de Chuiji[30] ou au joyau précieux valant plusieurs cités[31]. Sa possession vaut bien la jouissance des attributs princiers ou des cinq jades remis aux nobles[32]. Il vient en juste retour des faveurs accordées par celle dont les habits sont de brocart, mais, face à lui, et la soie et les perles deviennent sans éclat. À ces dernières, toutefois, comment faire pour l'unir, afin de faire savoir à chacun vos désirs ? Il saura bien ainsi apaiser vos transports, et devant la psyché sceller notre hyménée. À Lantian il fut cultivé en vue de notre mariage, c'est à Kungang[33] qu'il fut trouvé pour que je vous en fasse hommage. Plus riche encore qu'une eau féconde, au sein de la montagne il brille de ses feux. Il vaut bien largement mille et dix mille onces d'or, et des Cinq Capitales[34] il a la dignité. Au regard de son prix conservez-le toujours, gardez-vous du hasard qui vous ferait le perdre. Grâce à vos soins constants nous le verrons encore, n'épargnez aucun zèle pour m'éviter souffrance. »

Comme liés l'un à l'autre par un fil, les deux amants ne parvenaient pas à se séparer. Ils firent brûler de l'encens pour faire connaître au Ciel leur union et composèrent un poème à chanter qu'ils intitulèrent *Veuille le Ciel considérer la fille et le jeune homme* :

L'union de cette nuit ne fut pas ordinaire,
Préservons notre joie de la clarté solaire.

Montons dedans le char et buvons à être ivres.
Les oiseaux vont par couples : regardons-les se
    suivre.
Deux corneilles sur la poutre se sont venues
    poser :
Un parfum de printemps la cour a embaumé.
De l'affliction de Xun préservons-nous céans[35].
Ne mêlons pas la glace et les charbons ardents.
Ce mutuel amour, par qui fut-il voulu ?
C'est le Ciel qui l'exauce : la fortune est venue.
Demeurons comme en rêve sur la couche du
    bonheur,
Du chandelier d'argent, éclairons vos rou-
    geurs.
La Petite Fille du Ciel tisse nuage en brocart[36],
Que plus jamais le givre au sixième mois
    s'égare[37] !
Le loriot passe le mur[38] *dans ce rêve enchanté :*
À la cage de la vierge il préfère échapper.
À jamais délaissés, cœurs de glace ou de fer :
Qui le jade qui l'or : tous deux sont durs et
    fiers.
Que ni faute ni bris ne séparent ces amants,
Car ils résisteront à cent et mille tourments.
Leurs moindres actions montrent qu'ils se révè-
    rent,
Leur union durera autant que Ciel et Terre.

Alors Xu Xuan et Rongniang se quittè-
rent en se faisant mutuellement le serment de n'épouser jamais quiconque

d'autre. Si nécessaire, leur union saurait surmonter les tourments les plus cruels et la mort la plus infamante.

Tout à coup, il y eut un bruit sonore et le jeune homme se réveilla : il avait rêvé ! À la fois heureux et surpris, il se leva. Constatant que le bruit entendu était quant à lui bien réel, il prit une lampe et ramassa un objet tombé près de son lit : c'était l'épingle en or ornée d'un phénix que la jeune fille venait de lui donner en rêve ! Stupéfait, il comprit qu'il avait fait un songe surnaturel. Il se souvint qu'il avait donné à son tour une girandole à la jeune fille : l'objet, précisément, n'était plus suspendu à son éventail !

Il se dit en lui-même : « Assurément ce sont les dieux qui nous ont unis. L'âme de Rongniang m'a visité. Attendons à demain : nous verrons bien ce qu'elle fera ! »

On pouvait dire, vraiment, que

Les désirs éveillés en un flot impétueux
Rêvaient de Gaotang[39] quand la nuit s'en
venait !
Les fées, sur des nuages, descendaient des Neuf
Cieux,
L'épingle aux Cinq Phénix[40] dans leur
manche elles celaient.
Mais à y trop rêver, la belle de perdition

Pourrait bien dans son cœur faire germer la
  douleur...
Cette nuit, des Monts Wu, s'en vint l'appari-
  tion,
Qui demain, de Chu Xiang, exigera l'ardeur.

Cette nuit-là, Xu Xuan n'alla se coucher qu'à la quatrième veille.

Il se leva de bon matin. À contempler l'épingle de tête, il se sentait agité et quelque peu fébrile. Mais bientôt un bruit de pas se fit entendre ; on l'appela : «Le Vénérable sous-préfet désire vous voir pour une affaire urgente, maître !» Sur quoi le jeune homme s'empressa de faire ses ablutions, puis se rendit à la sous-préfecture, non sans avoir pris soin de placer l'épingle dans sa manche.

De son côté, Rongniang s'était éveillée.

En proie à la perplexité, elle se dit en elle-même : «Hier j'ai été vraiment très émue. Que veut donc dire ce rêve de cette nuit ?» À la fois lasse et déconcertée, elle voulut dormir, bien qu'il fît déjà grand jour. Elle composa un poème, que voici :

Foulant la cruche à glace[41] *dessous le bana-*
  nier,
Je tiens un éventail de beaux phénix ornés.

Le Canard Précieux[42] *se cache sous les fils*
   d'or;
D'avoir vu la déesse, le faisan doute encore.
Les entrailles se rompent de tourments et dou-
   leurs,
Un jour les yeux s'assèchent à trop verser de
   pleurs.
Cherchant le confident à qui dire son amour,
La belle, ivre et languide, se sent le cœur bien
   lourd!

Quand elle eut dit ces vers, elle appela sa servante : «Je ne sais pourquoi je me sens si lasse, lui dit-elle. Va préparer mon lit : je voudrais dormir.»

Qiuhong alla apprêter les couvertures et l'oreiller quand elle trouva par hasard dans le lit une pendeloque de jade blanc taillé en forme de poisson! Elle montra l'objet à sa maîtresse et lui dit : «D'où vient ce pendentif?»

En le voyant, Rongniang s'empressa de le cacher dans sa manche. Elle se mit alors à chercher son épingle de tête et dut constater que celle-ci semblait bien avoir disparu! Elle se dit en elle-même : «Le lien qui m'a unie en rêve à ce jeune homme était donc bien réel! Je me rappelle que nous avons fait brûler de l'encens et fait le serment de n'épouser personne d'autre.» D'un pas pressé, elle alla à la croisée : là, elle vit que la fenêtre de la bibliothèque du jeune homme était fermée. Restée perplexe devant cette absence inexplicable, elle se remit au lit.

Sa servante, Qiuhong, habituée depuis toujours à la seconder à l'étude, était fort intelligente. De plus, elle connaissait quelques bribes de lecture et d'écriture. «D'ordinaire, se dit-elle, ma maîtresse me fait tout partager. Comment se fait-il que tout à l'heure, en voyant ce poisson de jade, elle l'ait mis précipitamment dans sa manche ? Pourquoi cet air alangui et ces soupirs à n'en plus finir ? Attendons un peu, et nous verrons bien... »

De son côté, incapable de trouver le sommeil malgré sa lassitude, Rongniang se dit : «Toutes ces pensées m'empêchent de dormir, à quoi bon les retourner ! Plutôt me lever et faire ma toilette ; ensuite j'irai voir ce qu'il fait. »

Quelques instants plus tard, elle alla à la fenêtre et vit que la maison voisine semblait toujours fermée. De retour dans sa chambre, elle prit le pinceau et composa ces vers :

Le miroir, fleur de macre[43]*, a rendu mon reflet,*
Les nuages, au Prince Xiang, eussent-ils barré
    la route ?
La Licorne de Pierre, en vain rêve parlait[44]*,*

Sans message, l'Oiseau Noir[45] me fait mourir
* de doute.*
Sous le voile aux désirs, le sang coule abon-
* dant,*
La fine étoffe embaume, mais froides en sont
* les fleurs.*
S'il n'est point de confiance, plutôt rompre
* céans,*
Jeter l'épingle d'or, ce gage du bonheur.

Lorsqu'elle eut dit ces vers, elle resta là, assise, sans goût à rien. En voyant son état, sa servante, sans pour autant connaître le fond de ses pensées, commençait peu à peu à deviner son état d'âme. Elle lui demanda : «Pourquoi semblez-vous si lasse? Vous n'avez plus goût aux travaux d'aiguille et vous en oubliez le boire et le manger. L'*Air de Yangchun* que vous avez entendu hier y serait-il pour quelque chose?»

À ces mots, Rongniang se dit : «Je vois qu'elle a percé mon secret. Mieux vaut tout lui avouer!» Elle dit alors à Qiu-hong :

«Hier soir j'ai en effet été touchée par la musique du *qin,* et je ne te cacherai pas que j'ai fait cette nuit un rêve bien singulier. J'ai rêvé que le jeune homme me donnait un poisson de jade et qu'en échange je lui donnais une épingle d'or.

Or voilà que l'épingle a disparu et que le pendentif s'est trouvé à côté de mon oreiller ! Tout cela n'est-il pas surnaturel ? Voilà pourquoi je me sens l'esprit endolori et les pensées alanguies.

— Maîtresse, dit Qiuhong, c'est là le signe d'une union voulue par le Ciel. Je vois bien que le jeune monsieur Xu se distingue tant par sa prestance que par ses talents. D'ailleurs sa condition est tout à fait comparable à la vôtre et vous avez presque le même âge ; si vous laissiez échapper cet hymen, vous seriez comme une veuve et lui comme un orphelin. Il faut vous décider au plus vite et le prendre pour époux ; du reste votre servante pourrait peut-être en tirer aussi quelque avantage... En tout cas, si vous attendez que votre mère choisisse pour vous, vous risquez fort d'être mal mariée : passer sa vie entière aux côtés d'un butor, voilà qui ne doit pas être bien gai !

— En rêve, reprit Rongniang, nous nous sommes fait le serment de nous épouser.

— Le mieux, reprit Qiuhong, c'est que j'aille le trouver dans son jardin et que je lui montre le poisson de jade ; je verrai bien sa réaction, et nous serons fixées.

— N'est-ce pas aller un peu vite ?

— Votre rêve était loin d'être ordinaire : je ne vois pas en quoi ce serait aller trop vite.

— Mais la fenêtre de sa bibliothèque est fermée, reprit Rongniang ; je crains qu'il ne soit pas là.

— Je n'ai qu'à aller me rendre compte moi-même », conclut la servante.

Sur quoi, après que sa maîtresse lui eut remis le poisson de jade, Qiuhong se rendit discrètement au jardin du jeune homme.

Or, juste à ce moment, Xu Xuan s'en revint. Apercevant la soubrette qui ressemblait en tous points à la belle servante de son rêve, il lui fit une salutation empressée et lui demanda :

« Puis-je savoir ce qui vous amène ?

— J'ai à vous parler, répondit la jeune fille. Y aurait-il un lieu plus discret pour ce faire ? »

L'étudiant l'entraîna dans un endroit fort retiré, au sommet d'une colline artificielle. Là, ils s'assirent. Qiuhong prit dans sa manche le poisson de jade et le tendit au jeune homme :

« Cet objet serait-il à vous ? lui demanda-t-elle.

— Oh ! Comme c'est étrange ! » s'exclama-t-il.

Et, de sa propre manche, il sortit l'épingle d'or :

« Et cela, est-ce à votre maîtresse ?

— Voilà qui est vraiment bien curieux ! dit la camérière. Depuis qu'elle a fait ce rêve, Mademoiselle se sent tout alanguie. Ne retrouvant pas son épingle de tête, elle m'a envoyée auprès de vous savoir si elle se trouvait en votre possession.

— J'ai l'intention, reprit Xu Xuan, de louer les services d'une entremetteuse. Qu'en pensez-vous ?

— L'autre jour, Madame en est venue à parler d'un éventuel mariage entre vous et Mademoiselle, mais elle a objecté que vous étiez de trois ans plus jeune que sa fille : elle ne veut pas en entendre parler. Ce n'est même pas la peine d'essayer ! »

À ces mots, Xu Xuan fit un « aïe ! » de désappointement.

« S'il en est ainsi, dit-il, c'est sans espoir !

— Mais..., reprit la servante, si j'amène ma maîtresse à vous, à quelle récompense aurai-je droit ?...

— En ce cas, répondit l'étudiant en riant, je serai tout entier à vous !

— Je crains que vous ne puissiez vous scinder en deux...

— De toute façon, je ne sais pas si votre maîtresse voudra bien venir chez

moi. Mieux vaudrait que vous m'intro-
duisiez chez elle ce soir.

— C'est que la nuit les portes de
devant comme celles de derrière sont
cadenassées : même s'il vous poussait des
ailes, vous ne pourriez pas entrer ! N'y
pensez pas ! Non, ma maîtresse est une
personne droite : elle a dit clairement
qu'elle viendrait. Du reste elle est déjà
unie à vous en rêve, il n'y a pas de risque
qu'elle refuse. Mais elle n'arrivera que
vers le soir : trop tôt elle risquerait d'être
vue, et à la nuit les portes sont closes.

— La réussite repose donc entièrement sur vous, dit Xu Xuan.

— Mais il faut un endroit propice à
votre rencontre.

— Venez donc voir : parmi les fleurs
de mon Pavillon aux Pivoines se trouve
une couche naturelle. L'endroit n'est-il
pas charmant ?

— Très joli, en effet ! »

En la voyant tout à l'heure, Xu Xuan
n'était pas resté insensible aux grâces de
Qiuhong. Mais tant qu'ils conversaient, il
pouvait difficilement passer à l'action.
Or, une fois arrivé en cet endroit retiré,
il fut bien décidé à ne pas la laisser partir à si bon compte. Il lui dit :

« Maintenant que nous voilà en ce lieu,
puis-je espérer de vous quelque faveur ?

— Je suis venue en entremetteuse !
protesta la servante. On ne saurait agir de
la sorte !

— N'avez-vous jamais entendu dire
qu'une jeune fille en fleur qui fait
l'entremetteuse risque elle-même beaucoup ? »

Ce disant, il s'approcha d'elle et l'enlaça, tandis qu'il laissait une main se
hasarder à défaire son linge intime.
Sachant qu'elle ne lui échapperait plus
et, de plus, émue par la jeunesse et la
beauté de l'étudiant, elle retira de bon
gré sa culotte et s'allongea. Le jeune
homme lui écarta les cuisses et laissa
s'épancher l'orage amoureux.

Or le passage avait été facile...

« Puis-je savoir, Mademoiselle, qui a
cueilli votre fleur ?

— J'ai vingt ans, dit la fille, et de son
vivant feu mon maître me l'avait ravie. »

Lorsqu'il l'avait prise, Xu Xuan, pen-
sant qu'il avait affaire à une jeune fille,
était allé et venu avec une douce précau-
tion. En entendant cette réponse, il sut
qu'elle était déjà une femme expérimen-
tée et laissa alors libre cours à toute sa
vigueur amoureuse. Qiuhong se mit à
pousser des cris :

« C'est bon ! Comme vous faites ça
bien !

— C'est le cadeau dû à l'entremetteuse ! répondit-il.

— En ce cas, il faudra m'en offrir
encore d'autres !

— Si votre maîtresse m'épouse, vous
serez mon riz quotidien et je pourrai vous
dévorer en toute saison ! »

Sur quoi, au comble du bonheur, ils
menèrent leur affaire à son terme. Xu
Xuan prit dans sa manche une torchette
de papier et s'essuya, puis il aida la jeune
fille à remettre de l'ordre dans sa chevelure et à se rhabiller.

Il la reconduisit à la porte du jardin.

Il n'y avait que quelques pas jusqu'à la
maison des Shi.

Qiuhong alla trouver sa maîtresse et lui
dit :

« L'affaire est bien comme nous
l'avions pensée. Le jeune monsieur Xu
ne pense qu'à cette épingle d'or ; il la
garde d'ailleurs dans sa manche. Il avait
l'intention de faire appel à une entremetteuse mais je lui ai expliqué ce que
votre mère pensait de son trop jeune âge,
ce qui l'a bien contristé et l'a amené à me
prier de l'introduire cette nuit auprès de
vous, ce à quoi je lui ai répondu que le
soir les portes de devant comme de derrière étaient cadenassées et que même s'il
lui poussait des ailes il ne pourrait entrer.

Comme il était bien embarrassé, il a voulu écrire une lettre pour vous inviter à lui rendre visite dans son jardin, disant qu'il avait des tas de choses intimes à vous raconter, mais je lui ai dit que ce n'était pas la peine d'écrire, que je pourrais vous dire tout cela de vive voix et que s'il le fallait ce serait sous la contrainte que je vous amènerais à lui. De toute façon vous n'y pouvez plus rien : j'ai déjà promis pour vous ; c'est que ma foi on ne doit pas laisser échapper une union voulue par le Ciel !

— Mais comment oserais-je y aller ? Je vais mourir de honte !

— "À la concubine vertueuse de garder la chasteté, à la fille de goût d'accorder son amour à l'homme talentueux" ! Toutes deux sont louables, même si leurs aspirations diffèrent. Et en plus, vous vous êtes unie à lui en rêve. Cette affaire met en jeu votre vie tout entière : la laisseriez-vous échapper ?

— Mais si quelqu'un nous voyait ?

— Pensez-vous ! Dans une ruelle aussi tranquille que celle-ci il ne passe jamais personne ! D'ailleurs j'ai souvent été regardé les fleurs de son jardin, je connais bien le chemin : ce sera exactement comme si nous étions à la maison. Je ne vois pas où est la difficulté. »

Devant un plaidoyer aussi insistant, Rongniang, qui nourrissait déjà en elle-même le désir de se rendre là-bas, se laissa fléchir. Gardant sur elle le poisson de jade, elle alla se changer. Elle se mit sur son trente et un et attendit le soir pour rendre sa visite.

De son côté Xu Xuan, que ses ébats avec Qiuhong avaient fatigué, s'était mis au lit et ne se réveilla que vers le soir. Il se leva en toute hâte, arrangea ses vêtements et se rendit au jardin, dont il ouvrit grandes les portes. Là, il attendit les visiteuses avec impatience. Bientôt Qiuhong se montra à la porte des Shi, rentra bien vite et revint peu après en compagnie de sa jeune maîtresse. Xu Xuan s'avança et leur adressa son salut. Rongniang répondit ses civilités, puis tous trois se rendirent ensemble à l'endroit où tout à l'heure la servante avait connu le bonheur. Celle-ci d'ailleurs s'éclipsa en disant : «Je reviendrai plus tard.»

Xu Xuan déclara à la jeune fille :

«C'est un immense bonheur, Mademoiselle, que d'être ainsi comblé de vos faveurs; je ne sais comment vous exprimer ma reconnaissance. Cette extraordinaire rencontre faite en rêve et le cadeau de l'épingle d'or sont assurément

37

des faits surnaturels. De plus je vous avais promis une fidélité éternelle : l'avez-vous aussi rêvé ?

— Vous souvenez-vous encore, demanda la jeune fille, des poèmes échangés lors de ce songe ? »

Xu Xuan récita alors les deux poèmes qui commençaient par « *Pincées par mon voisin, les cordes cristallines* » et « *À vrai dire ces amours il est rare qu'elles abondent* ». En entendant cela, la jeune fille dit dans un rire : « Le lien qui nous unit est vraiment extraordinaire ! »

Mais peu à peu la nuit tomba. Le jeune homme s'approcha de Rongniang et l'enlaça, afin de s'unir à elle. Elle voulut d'abord le repousser, mais comme il lui retirait sa petite culotte avec quelque autorité, elle ne lui résista pas plus longtemps : bientôt, le papillon vint butiner la fleur...

Rongniang n'était déjà plus si jeune : elle n'était pas complètement ignorante des choses de l'amour ; de plus, elle en avait déjà goûté les saveurs dans son rêve, si bien qu'elle ne fit pas trop de manières. Au contraire, elle sut en apprécier l'agrément. Xu prit ses *lotus d'or*[46] tout menus qu'il posa sur ses propres épaules et introduisit sa délicate tige de jade. Au commencement, le chemin fut difficile ; mais très vite la route devint familière à la légère voiture. Un flot onctueux et abondant s'écoulait de la fleur, tandis que se faisaient entendre des souffles entrecoupés de soupirs. Qu'importaient les cheveux en désordre et l'épingle de tête renversée : laissés à leurs désirs, les deux phénix étaient sens dessus dessous !

Bientôt le coup partit et un flot de rosée arrosa la pivoine, qui s'épanouit. Les nuages se dissipèrent, la pluie cessa. Xu Xuan prit un mouchoir de mousseline blanche, s'essuya et le remit dans sa manche. Il voulut convenir sans tarder d'un autre rendez-vous avec Rongniang quand la servante de cette dernière arriva en grande hâte : «Dépêchez-vous ! lui cria-t-elle, Madame vous demande !» Sur quoi la jeune fille arrangea ses vêtements et s'empressa de rentrer. En se retournant elle dit à l'étudiant : «Je vous enverrai Qiuhong demain.» Puis elle sortit.

Xu Xuan les accompagna jusqu'à la porte du jardin et, tout guilleret, monta à sa bibliothèque, où une bougie était restée allumée. Là, il contempla à la lumière le mouchoir de mousseline taché d'un rouge vif ; il le maniait avec le plus grand soin, tel un trésor. Il le conserva dans une cassette de bambou, puis improvisa ce huitain :

Dans la nuit l'on s'unit à une Perle en Fleur,
En rêvant aux Monts Wu, à leurs rouges
   vapeurs.
Sous la lune la belle Qin chevauche le faisan,
Assis sur un phénix, Xiaoshi vole au vent[47].
Pavillon aux Pivoines[48], *Pont aux Indigo-*
   tiers[49] *!*
L'enclos fleuri conduit au Radeau du Bou-
   vier[50].
Joie ! Le poisson de jade dans les ondes se meut,
Point besoin du pipa aux accents doulou-
   reux[51].

Le lendemain, comme il était perdu dans ses pensées, il reçut la visite de Qiuhong dans la bibliothèque. La jeune fille lui dit d'un air taquin :

« Eh bien ! Avez-vous une gratification pour l'entremetteuse ?

— Mais certainement ! répondit-il en riant. Nous sommes seuls... »

Et il l'attira à lui. La servante l'arrêta :

« J'ai à vous parler, lui dit-elle. Ce n'est pas le moment de plaisanter ! Hier, de retour chez nous, ma maîtresse m'a fait part d'une idée : une fenêtre de notre maison se trouve juste en face de celle de ce pavillon ; de l'une à l'autre, il doit y avoir à peu près une toise de distance. En disposant entre elles deux pieux sur lesquels on disposerait une planche, il vous serait facile de passer de l'autre côté. La nuit on tirerait la passerelle à l'intérieur et au matin, avant le lever du soleil, il suffirait de renouveler l'opération en sens inverse pour que vous puissiez rentrer chez vous. Avec ce moyen, il y a de quoi se divertir pour un bon bout de temps... Qu'en pensez-vous ?

— Excellent ! Excellent ! s'exclama l'étudiant. Ce sera vraiment le *Pont aux Indigotiers* ! »

Sur quoi il monta à l'étage supérieur, où il y avait un certain nombre de planches qui étaient restées de la construction. Les montrant à Qiuhong, il dit :

« Vous voyez, il y a largement de quoi *voler des fleurs* ! Mais, au fait, ne risque-t-il pas d'y avoir des domestiques dans sa chambre ?

— Il y en a, mais elles n'y dorment pas. D'ailleurs la chambre de Mademoiselle se trouve à l'étage, de l'autre côté. Comme vous n'avez pas besoin de passer par en bas, vous n'avez vraiment rien à craindre ! »

À ces mots, Xu Xuan ne se sentit plus de joie. Il se leva, ferma la porte, et dit à la jeune fille : « Cette fois, on va généreusement gratifier l'entremetteuse ! » Il prit son visage dans ses mains et lui

41

donna un baiser. « C'est que vous vous gardez toutes les bonnes choses pour vous ! » dit la fille en riant.

Elle se déshabilla et écarta d'elle-même ses cuisses, adoptant la posture suggestive permettant au jeune homme de se mettre à l'œuvre. Celui-ci contempla dans le détail le léger fard de la jeune fille, son corps fragile, son sein odorant, sa taille menue, son cou rosé, ses lèvres de cinabre, son *estuaire amoureux* et ses cuisses de neige : tout en elle était charmant, il n'était rien qui n'eût réjoui le cœur ; c'était assurément la plus éminente des servantes !

En un instant, les esprits vitaux furent livrés au chaos et les âmes s'égarèrent : le foutoir battait son plein. Qiuhong ne tarda pas à chavirer et implora grâce. Il la laissa. « Mon bel amant ! » dit-elle avec un sourire. Elle était encore bien belle en remettant de l'ordre dans les mèches de ses tempes ! Vraiment charmante à souhait !

Xu Xuan lui dit : « Mon rendez-vous de ce soir repose entièrement sur votre aide précieuse. » La jeune fille acquiesça d'un signe de tête. L'autre ouvrit la porte, la raccompagna jusqu'à la sortie du jardin et remonta dans sa bibliothèque, où il se rappela le moment délicieux qu'il venait d'y passer.

Insensiblement, le temps s'écoula, et l'on entendit frapper le tambour et sonner les cloches des monastères : l'heure du soir s'en venait, et le moment des rendez-vous...

Xu Xuan prit une barre de bois, qu'il posa sur l'appui de la fenêtre et qu'il poussa lentement vers l'extérieur. De l'autre côté, Qiuhong attrapa l'extrémité du pieu et la posa de façon bien assurée. Puis elle procéda de la même manière avec une deuxième barre de bois. Sur ces deux poteaux, on disposa ensuite deux planches. Le jeune homme monta sur une table et s'engagea sur la passerelle ainsi formée : il marcha à grandes enjambées, aussi facilement que sur la terre ferme. Quand il fut passé de l'autre côté, on rentra sans tarder les planches à l'intérieur et l'on referma la fenêtre.

Plein de gratitude envers la servante pour les efforts qu'elle avait déployés, il l'enlaça dans l'obscurité et voulut se mettre à l'aimer. Mais elle le repoussa : «C'est bien le moment! dit-elle. Allez! Suivez-moi! Dépêchez-vous!» Et elle le conduisit chez sa maîtresse, dans l'aile de devant.

Quand il aperçut Rongniang, à la lueur

de la chandelle, dans ses splendides vêtements merveilleusement colorés, celle-ci
était en train de mettre de l'encens dans
un brûle-parfum. Il s'approcha d'elle, lui
adressa ses salutations, et tous deux prirent place. La jeune servante déposa sur
la table vins et mets et invita les deux
époux à vider la coupe nuptiale. La maîtresse demanda à sa camérière :

« Ma mère est-elle couchée ?

— Elle dort déjà. »

Puis s'adressant à Xu :

— Tout mon être vous appartient, lui
dit-elle. De notre vivant nous partagerons
les mêmes draps, et à notre mort la même
tombe. D'ailleurs nous l'avons su dès ce
serment prêté en rêve. Mais ma mère
reste intraitable : si d'aventure elle me
promettait secrètement à un autre, je
n'aurais qu'à mourir pour vous témoigner de ma fidélité.

— Mon seul vœu, dit le jeune homme,
est que nous soyons l'un à l'autre pour
toujours. Mais puisque vous me parlez
de Madame votre mère, attendons l'automne : si par bonheur la chance me sourit[52], elle se laissera convaincre sans mal.
Au cas où je resterais *au-delà du Mont
Sun*[53], nous aviserons. En tous les cas je ne
vous trahirai pas ; cessez donc de vous
tourmenter !

— Hier matin, reprit Rongniang, votre fenêtre était fermée, je l'ai constaté par deux fois. Puis-je savoir pour quelle raison vous ne l'avez pas ouverte?

— Le vénérable sous-préfet avait à me parler, et j'ai dû m'absenter.

— Qu'avait-il à vous dire?

— Qu'il avait agréé à la demande officielle de l'Examinateur Provincial de présenter ma candidature directement aux examens de la préfecture : je n'aurai donc pas besoin de subir les épreuves de la sous-préfecture[54]. Il a tenu à m'annoncer personnellement qu'il faisait de moi un *fils favori*.

— Mais si par hasard il fait office d'examinateur adjoint à cet examen et si, comble de malheur, vous dépendez de sa section, il y a toutes les chances qu'il vous prenne comme gendre en cas de réussite!

— Non, dit Xu Xuan. Il vient d'être nommé à un poste de correcteur adjoint[55] au Sichuan. Il va d'ailleurs partir très prochainement. »

Tandis qu'ils causaient, le temps passa peu à peu et l'on entendit bientôt sonner le tambour de la deuxième veille. « Il est temps de vous coucher, dit Qiuhong, la nuit est courte! »

Les deux amants s'attirèrent l'un

l'autre, se déshabillèrent, et se mirent à l'ouvrage. Xu Xuan prit les lotus d'or de la jeune fille, entrouvrit légèrement son corps de jade et se mit en elle. Ses yeux de phénix tournés vers le ciel, Rongniang poussait de petits cris mignons qui trahissaient une émotion extrême. Quand la fleur d'hibiscus fut inondée de rosée, les esprits se troublèrent comme âmes égarées au milieu d'un rêve.

La chose faite, les deux amants s'endormirent et ne se réveillèrent qu'au chant du coq. À nouveau, le jeune homme voulut s'unir à elle. Elle lui dit :

« La seule chose qui importe est notre fidélité l'un à l'autre. Qu'est-il besoin de chercher à nouveau les plaisirs du corps ?

— Je ne suis pas un voluptueux, protesta Xu Xuan, mais cette chose est nécessaire à l'accomplissement d'un amour véritable. »

Et l'on vit à nouveau le Prince Xiang de Chu sur la Terrasse Yangtai. Leur joie fut plus grande encore que la veille et la jeune femme éprouva un plaisir sans limites. Quand la chose fut achevée, Xu Xuan improvisa un huitain pour exprimer sa gratitude à sa maîtresse :

Sur les douze Monts de Wu j'ai saisi les nuages :

Nous recevons au lit cet amour en partage.
Je souffle, dans un sourire, la flamme sous la
   croisée,
Timide, sous la lune, vos jupes j'ai dénoué.
Vos cris et chuchotements trahirent votre plai-
   sir
Quand votre corps gracile s'éveillait aux
   désirs.
Un instant avec vous vaut plus de mille onces
   d'or,
Les appâts de Dongjun vous surpassez
   encore[56].

Alors qu'il disait ces vers, Qiuhong ouvrit la porte de la chambre et s'approcha du lit : « Il est temps de partir ! » dit-elle. Sur quoi Xu Xuan prit congé de son amante, s'habilla et se leva.

Il se rendit jusqu'à l'aile de derrière en compagnie de la servante. Celle-ci lui présenta une chaise pour s'asseoir, puis ouvrit doucement la fenêtre et remit la passerelle en place. « Vous pouvez y aller », dit-elle au jeune homme. Celui-ci se leva et se mit à la palper par en bas : elle ne portait qu'un simple jupon, ce qui était on ne peut plus engageant ! Il la poussa sur la chaise et lui fit aussitôt une saillie.

« Quoi ! dit la fille. Vous avez déjà baisé toute la nuit et vous en redemandez !

— Hé ! Je ne vous apprendrai pas :

Qu'en butinant la fleur pour fabriquer le miel,
Le plus rude labeur est loin d'êt' pour
l'abeille! »

Tandis que, debout, il lui maintenait les jambes en l'air, il se mit à la jargauder avec une ardeur frénétique. C'était un plaisir indescriptible. De petits cris de volupté s'échappaient des ébats tandis qu'étendards flottaient au vent et que grondaient les tambours! Ce fut pour un moment une guerre sans merci, puis les combattants finirent par lâcher prise.

« Ah! Mon amour! dit le jeune homme. Vraiment je vous aime beaucoup, avec votre joli minois et votre ardeur aux jeux polissons! En trois batailles, vous m'avez écrasé trois fois!

— Cette fois-ci, dit la fille, vous m'en avez vraiment foutu tout mon soûl! »

Sur quoi ils se relevèrent. Xu Xuan essuya les jupons de Qiuhong ainsi que ses propres vêtements. « Il faut que j'y aille », dit-il. Il plaça la chaise sous la fenêtre, monta dessus, puis s'engagea sur les planches. En quelques enjambées, il fut de retour chez lui. Il ramena le dispositif à l'intérieur et tous deux fermèrent leur fenêtre.

Dès lors, ces rencontres se renouvelèrent toutes les nuits, au grand plaisir des trois partenaires.

Cette année-là, quand commença la saison des examens, Xu Xuan fut reçu aux épreuves de la préfecture et l'Examinateur Provincial l'encouragea à se présenter au concours triennal de licence. Le jour, Xu s'exerçait aux sujets d'examens, et la nuit, il allait à son rendez-vous. Mais on a dit dès l'Antiquité — et on l'a bien dit ! — que

Les plus douces saveurs finissent par aigrir,
Les plus belles faveurs finissent par périr.

Ce manège continua en effet jusqu'à ce vingt-cinquième jour du septième mois, vers l'heure de la cinquième veille...

Ce matin-là, une fois ses affaires amoureuses terminées, Xu Xuan s'en retourna chez lui, sans prendre garde que les vêtements qu'il portait brillaient sous la clarté de la lune. Alors qu'il passait d'une maison à l'autre, il fut aperçu par un groupe de portefaix qui s'engageaient dans la ruelle avec un chargement de bois d'œuvre. « C'est un voleur ! s'écrièrent-ils. Attrapons-le ! » Et, à l'aide d'un pieu, ils donnèrent un grand coup dans la passerelle : Xu Xuan perdit l'équilibre et tomba. Heureusement, il atterrit sur les bonshommes et ne se fit pas de mal. Dans sa fureur, ce fut lui qui se mit à les invectiver ; les faquins, des pas-grand-chose, lui retournèrent ses insultes : « Quoi ! T'es pas content ? Arrive un peu ! » Ils le saisirent.

« C'est toi qui voles et tu trouves encore le moyen de nous engueuler ! s'exclamèrent-ils. Conduisons-le au tribunal !

— Je suis un bachelier ! protesta le jeune homme. Je ne vous permets pas !

— Eh ben si c'est un bachelier, faut encore moins le laisser filer, maintenant qu'on l'a attrapé : ça pourrait nous attirer des ennuis. D'ailleurs, la loi le dit bien : "Dans la nuit, pas d'amis, ça évite viols et vols" ! Allez hop ! Pas de discussions ! »

Sur quoi ils le ficelèrent et le traînèrent à la sous-préfecture, sans s'occuper de ses protestations.

Entre-temps, le soleil s'était levé. Le sous-préfet n'était plus là, car il était déjà parti prendre ses nouvelles fonctions au Sichuan. Son adjoint, qui assurait l'intérim, était un personnage cupide, mais soucieux toutefois de préserver une bonne image. Il vit les portefaix entrer au

Ce sont de vils faquins, mais ils n'en connaissent pas moins les lois.

50

tribunal, se mettre à genoux et lui déclarer :

« Vos serviteurs ont surpris cet homme dans une ruelle. Il était en train de passer par une fenêtre à l'aide d'un ponton. C'était certainement pour commettre un vol, ou bien un adultère. Nous vous l'avons amené et vous prions de daigner juger cette affaire.

— À quelle heure vous êtes-vous emparé de lui ? s'enquit le magistrat.

— À la cinquième veille.

— De chez qui sortait-il ?

— De la maison de Monsieur Shi, le saunier », répondit l'un d'eux.

Le juge réfléchit un instant et se dit en lui-même : « Si c'était un vol, la victime ne doit pas s'en être encore aperçue. Mais si c'est une affaire d'adultère, ce n'est pas bien grave. » Il déclara : « Si l'accusé s'est rendu coupable de viol, il faudra appliquer un châtiment sévère, surtout si les sévices ont été suivis de meurtre ! »

Sur quoi il ordonna aux gardiens de la prison de mettre le prévenu sous les verrous, en attendant la déclaration des Shi pour statuer de l'affaire. Xu Xuan aurait bien tenté de se disculper, mais il était retenu par la crainte de salir la réputation de Rongniang. De plus, il ne révéla pas qu'il était étudiant : sa future carrière aurait pu en être compromise. Il pressentit bien qu'il ne sortirait pas de sitôt de prison, mais dut garder le silence et se laisser conduire à sa cellule.

Mais parlons d'autre chose.

Revenons à Qiuhong qui, ayant aperçu la scène des portefaix, alla immédiatement en informer sa maîtresse : « C'est terrible ! dit-elle. Écoutez ce qui s'est passé... »

Et elle lui raconta ce qu'elle avait vu. Elle conclut : « Il faut aller au tribunal, qu'en pensez-vous ? »

En entendant tout cela, Rongniang resta saisie de stupeur. Elle sentit ses esprits vitaux s'envoler par-delà les airs. Elle s'habilla, se leva et dit, étouffée par les sanglots :

« Qiuhong ! Qu'allons-nous devenir ?

— Il paraît que le sous-préfet est au mieux avec Monsieur Xu, dit la servante.

— Mais c'est qu'il vient d'être nommé au Sichuan !

— Je ne sais pas qui le remplace, mais ça ne devrait pas non plus créer de grandes difficultés.

— Pas de grandes difficultés ! s'exclama Rongniang. C'est ça ! Quand ils sauront ce qu'il venait faire ici et apprendront qu'il est mon amant, tout sera étalé au grand jour ! Je n'aurai plus qu'à crever de honte !

— On doit certainement être au courant de l'affaire chez les Xu, dit la servante. Je vais voir s'ils ont rentré la passerelle. »

Elle alla à la fenêtre qui donnait sur la rue et constata que les planches étaient encore en place. Elle les ramena en toute hâte à l'intérieur et referma la croisée.

« Ils ne doivent pas encore savoir, annonça-t-elle à sa maîtresse en retournant dans sa chambre. La passerelle était encore sur le bord de la fenêtre : je l'ai rentrée.

— Il fait déjà jour, dit Rongniang. Va chez lui, trouve un serviteur sur lequel on puisse compter et explique-lui l'affaire. Dis-lui d'aller au tribunal voir ce qu'il en est. »

Qiuhong se lissa la chevelure et descendit. Elle enleva le verrou de la porte de derrière et se rendit au jardin de Xu. Le portail d'entrée était fermé : elle frappa. Le jardinier vint ouvrir.

« Qu'est-ce qui vous amène si tôt ? demanda le serviteur.

— Appelez un des hommes de confiance de votre maître. C'est pour une affaire importante. »

Le jardinier rentra bien vite et elle vit

l'intendant venir à elle : « Puis-je quelque chose pour vous, Mademoiselle ? » s'enquit-il. Et elle lui raconta l'affaire dans le détail. L'homme ne cacha pas sa surprise. Il dit : « C'est bien. Retournez chez vous, je vais aller voir. Je vous tiendrai au courant à mon retour. »

Sur quoi il rentra dans la maison, se munit d'une somme d'argent et se rendit au tribunal de la sous-préfecture en compagnie de plusieurs serviteurs.

Qiuhong et Rongniang attendirent son retour avec impatience ; elles se sentaient le cœur comme percé de lames. La petite servante faisait le guet à la porte de derrière. Elle aperçut enfin l'intendant, qui lui fit de loin un signe de la main. Elle alla à sa rencontre.

« Alors ? dit-elle.

— Monsieur vous prie de ne pas vous inquiéter. Il a été mis en prison par le vice-magistrat, qui assure l'intérim en l'absence du sous-préfet. Le juge sait qu'il a été pris en sortant de chez vous et demande qu'un membre de votre maison aille témoigner. Il le jugera sans doute pour fornication, car il a déclaré qu'il n'y avait que deux raisons pour lesquelles on puisse s'introduire la nuit chez les gens : le vol ou l'adultère. Notre maître, en apprenant les intentions du juge, demande que quelqu'un de chez vous aille au tribunal témoigner que les portes étaient bien restées fermées et qu'il n'y a eu aucun objet volé : c'est à cette condition qu'il pourra espérer sortir de prison, sans quoi son avenir serait fort compromis. S'il est condamné pour vol, ce sera plus compliqué et il n'aura guère de chance d'être libéré un jour. »

L'intendant s'arrêta un instant, puis reprit : « Il y a toute une foule en train de clabauder devant la sous-préfecture. Ils racontent que la fille des Shi s'est acoquinée avec le bachelier Xu parce qu'à plus de vingt ans on ne lui avait toujours pas donné de mari. Voilà ce que disent les gens. Je crois que si vous plaidiez la cause du vol, on ne vous croirait même pas. Qu'en dites-vous ? À mon avis, puisque nos maîtres se sont trouvés faits l'un pour l'autre et qu'ils se sont juré mutuellement une fidélité d'époux, mieux vaudrait avouer officiellement le délit de fornication et implorer le magistrat de prononcer leur mariage : l'adversité se transformerait ainsi en bonheur. À quoi bon plaider la cause du vol, d'autant que tout le monde sait très bien de quoi il en retourne ! Ce serait vraiment inutile. Faites comme je vous dis : c'est certainement la meilleure solution ! »

Comme il parlait, un petit serviteur sortit de la maison. Il avait sur les bras des boîtes à repas superposées :

«Je vais porter déjeuner à not'maître, annonça-t-il.

— J'y vais avec toi!», dit le majordome. Et il lui emboîta le pas.

De retour à la maison, Qiuhong répéta à sa maîtresse ce que le domestique de Xu Xuan venait de lui dire. Rongniang arrêta de sangloter, réfléchit un instant, puis fondit à nouveau en larmes : ses yeux en étaient rouges et gonflés. Effrayée de surcroît à l'idée que sa mère finirait par tout savoir, elle chercha à mettre fin à ses jours.

«Allons bon! dit la servante. N'ayez donc pas les vues si courtes! En vous suicidant, vous causeriez les pires torts à Monsieur Xu! Non, au point où en sont les choses, mieux vaut tout avouer, sans quoi il ne sortira jamais! De toute façon, le juge va nous faire appeler incessamment pour aller donner notre déposition : à ce moment-là, plus la peine de nier! En plus, si par malheur, à cause de notre indécision, il le faisait radier de la liste des candidats à l'examen de Nankin, il serait bon pour poireauter trois ans de mieux : y aurait de quoi crever de dépit!

— Je sais bien, dit Rongniang. Si nous

n'avouons pas, nous risquons beaucoup. Mais s'il faut aller déposer, comment sortirais-je au grand jour ?

— Maîtresse, reprit Qiuhong, rédigez une supplique : je me ferai passer pour vous et je sortirai monsieur Xu de ce mauvais pas. Êtes-vous d'accord ?

— Si tu fais cela pour moi, dit la jeune femme, tu seras ma plus grande bienfaitrice !

— Allez ! Ne tardons pas : il faut que ce soit fait dès aujourd'hui. Écrivez la supplique pendant que je vais me changer. »

Sur quoi Rongniang, prenant le pinceau, rédigea cette prière :

« Imploration à la clémence.

Votre vile servante, dénommée Shi, âgée de vingt et un ans en la présente année, fille du sieur Shi, saunier en notre sous-préfecture, le troisième mois de l'année en cours, au jour de la fête qingming, s'en alla flâner au jardin.

En voyant la rougeur des fines fleurs du pêcher, en voyant la verdeur des filaments du saule, en contemplant les canards enlacer leurs cous graciles, en voyant les papillons joyeusement voleter, en écoutant les hirondelles pépier gaiement dessus les poutres, en admirant les rossignols perchés, charmants, parmi les branches, j'ai soupiré longtemps, j'ai senti le désir, et les plus folles pensées je n'ai pu retenir.

Dans ses vingt et un printemps, une jeune fille a par bonheur rencontré le jeune homme qui cueillera les Branches de l'Osmanthe[57], et lui, à dix-huit ans, a chanté pour elle la floraison des prunus.

La tisserande qui une fois l'an peut rencontrer son bel amant m'a fait souffrir à la pensée de ne point être encore mariée.

En délaissant la rivière aux pêchers, j'ai pénétré le jardin des hélianthes ; en traversant les rues bordées de saules[58], dans les venelles fleuries il me croyait trouver. Le cœur ému, je l'avais rencontré, et l'un à l'autre nous nous sommes confiés.

En voyant la rougeur de ses lèvres, la blancheur de ses dents, la distinction de son regard et le pur dessin de ses sourcils, j'ai compris à son visage fin et sans pareil qu'il était appelé à de hautes destinées et j'ai voulu me donner à lui pour une union d'un siècle. Lors, en l'espace d'un sourire, nous nous sommes aimés sous le Kiosque aux Pivoines, et au milieu des fleurs j'ai oublié ma honte.

J'avais pour seul espoir de vieillir avec lui, mais voici les tourments de la séparation. Ce matin, par malheur, on Vous l'a amené : le voilà prisonnier. Quel crime a-t-il commis pour être ainsi jugé ? L'on peut plaider sa cause.

La lune, parfois pleine, est souvent maigre

aussi, les fleuves, parfois purs, sont souvent bien troublés !

Quand, avec le sieur Fan, Jiangnü se maria[59], elle eut pour seuls témoins saules et peupliers, et lorsque Dame Han à Yu You se donna[60], ce fut par l'entremise des feuilles rouges de l'automne.

Depuis l'Antique à vrai dire, l'adultère n'a point manqué : fallait-il que votre esclave eût gardé plus de pureté ? Qui reprend homme ou reprend femme devrait être châtié dans la Cour aux Cithares[61] ! Mais une fille et un garçon : peut-on dire céans qu'ils font injure aux mœurs ?

Honneur ou déshonneur se trouvent entre Vos mains, Votre pinceau jugera s'il faut vivre ou mourir.

J'implore Votre Grandeur d'examiner avec soin cette affaire et de faire preuve d'indulgence devant cette faute. S'il m'est donné de vieillir aux côtés de mon aimé, notre vie entière sera dévouée à vous montrer toute la gratitude que nous aurons conçue à l'endroit de Votre magnanimité.

Tous faits ci-dessus exposés sont exacts et véridiques. »

Elle n'épargne aucun argument pour étayer sa plaidoirie en faveur de celui à qui vont ses sentiments.

Qiuhong lut la supplique et dit en riant :

« Ce n'était peut-être pas la peine de tout dévoiler !

— Ah bon ? dit Rongniang. Il vaudrait mieux que je tourne cela autrement, alors.

— Pas besoin ! Il fait déjà grand jour ! »

Sur quoi elle prit le papier et alla à la porte de derrière. Elle monta dans le palanquin et se trouva bientôt devant la sous-préfecture, où le magistrat était justement en train de siéger. Elle se présenta à la Porte des Inconduites : les employés du *yamen* la firent entrer. Comme elle annonçait qu'elle venait plaider, le sous-préfet adjoint donna aussitôt l'ordre de la faire entrer. Elle fut introduite, s'agenouilla, et déclara : « Votre servante a une humble requête à vous présenter. Je vous prie de daigner en prendre connaissance. »

Le magistrat prit la supplique, la lut et lui dit en riant : « C'est que chez moi une femme fornicatrice est passible de trois jours de cangue, et un homme adultère de trente coups de bâton lourd et d'une amende de quatorze hectolitres de riz ! Admettons que j'accepte votre plaidoirie pour ce qui concerne votre mariage, vous n'éviterez pas pour autant la cangue, et le prisonnier ne sortira qu'après avoir payé et après avoir été bastonné. »

Comme il parlait, les employés apportèrent une cangue légère. Qiuhong reprit :

« Si Votre Honneur daigne exaucer cette prière, le mieux est de libérer mon futur époux et de procéder au mariage. En ce cas, pourquoi les entraves et pourquoi la bastonnade ?

— Vous serez mariés. Seulement, la requête que vous m'avez soumise reconnaît clairement le délit de fornication : il est donc impossible de vous soustraire à l'exécution de ces deux peines. »

Le voyant aussi intraitable, Qiuhong se dit : « Celui-là m'a tout l'air d'aimer l'argent. » Elle déclara : « La femme qui vous parle est prête à payer pour racheter sa faute. » En entendant ces mots, le fonctionnaire fut rempli de joie, mais il se garda bien de donner aussitôt son acquiescement en public. Il dit à la jeune fille : « La requête que vous m'avez présentée tout à l'heure était assez joliment écrite. Composez-moi donc un poème à chanter qui aurait pour sujet les affres que vous auriez à souffrir sous la cangue. S'il est bon, je serai clément et vous échapperez au châtiment. »

Qiuhong demanda un pinceau et du papier. Quand au bout de quelques instants elle eut terminé, elle présenta le poème au magistrat. Ces quelques vers se chantaient sur l'air du *Loriot* :

L'Étoile du Bois[62] — *c'était là mon destin !* —
Devait un jour me couper en deux parts !
Il me fallait une collerette : elle fut cousue dans
*   du sapin.*
Oh qu'il est dur de s'mett' du fard !
Pour tourner l'cou, ce n'est pas rien !
Je baisse la tête bien en vain : point ne vois mes
*   escarpins.*
J'ai honte et suis gênée
Car mon visage dois montrer
À mes parents et à tous les voisins !

En lisant ces vers, le magistrat partit d'un grand rire : «J'aime bien la phrase de la *collerette cousue dans du sapin* ! Allez ! Vous pouvez vous acquitter des quatorze hectolitres de riz !» Puis, se ravisant, il reprit : «... C'est d'ailleurs bien payé ! Allons allons ! Reprenez le pinceau et le papier et composez-moi donc un autre poème à chanter ; sur sa situation à lui cette fois. Ensuite vous pourrez vous en aller.»

La fleur éclôt : il ne peut l'en parer,
Car elle n'a point encore coiffé sa chevelure[63].
Les deux amants faits l'un pour l'autre
Ont bien du mal à s'approcher,

Leurs joues ne peuvent se réchauffer,
Les cerisiers ne peuvent s'aimer.
Ah ! Comment faire pour plaider ?
Comment aider ce doux galant aux strata-
  gèmes si rusés ?
Vous êtes, Messire, seul à table : daignez réga-
  ler la belle !

Le juge lut le poème et dit en riant :
« Allez ! Ils étaient très bons tous les deux.
Je serai clément. Retournez chez vous et
tenez-vous tranquille. »

Qiuhong remercia et sortit du tribunal. En voyant comment l'affaire s'était
conclue, les serviteurs de Xu Xuan rédi-
gèrent pour elle l'acte de cautionnement.
Quand elle l'eut signé, le certificateur
s'en retourna.

Elle remonta en chaise et fut ramenée
chez sa maîtresse, à qui elle raconta dans
le détail tout ce qui avait été dit et fait au
yamen. Rongniang en fut fort contente,
mais elle continua de nourrir toutes les
inquiétudes pour le sort réservé à son
amant.

Mais parlons d'autre chose.

Revenons aux gens de Xu Xuan qui
expliquèrent à leur maître comment Qiuhong, en se faisant passer pour sa maîtresse, avait obtenu du vice-magistrat la
garantie du mariage, comment elle avait

pu racheter le châtiment de la cangue par une amende en grain, et comment lui se voyait condamné à trente coups de bâton pour délit de fornication. Lorsqu'on lui eut exposé toute l'affaire, il dit :

« Si on peut racheter la peine de la cangue par une amende, il doit être possible d'échapper par le même moyen à la bastonnade. Demain nous présenterons une supplique au juge pour tenter d'éviter les coups de bâton. D'ailleurs, avec trente coups, je ne suis même pas sûr d'en sortir vivant ! En plus, c'en serait fait de ma participation à l'examen !

— Certainement, dirent les serviteurs. Nous lui présenterons une supplique demain. »

Comme ils parlaient, ils entendirent au-dehors des gens qui disaient que le préfet avait convoqué le vice-magistrat à participer au jury d'examen ; il devait partir le lendemain même, à la cinquième veille. En entendant cela, Xu s'exclama : « C'en est fait ! Si je ne peux pas me présenter aux épreuves, je vais être bon pour perdre trois ans ! Comment faire ? Hélas, je ne vois vraiment pas le moyen ! C'est le destin ! »

Le lendemain au lever, le ciel était obscurci de nuages noirs. Il se mit tout à coup à tomber des trombes, comme si l'on avait renversé de l'eau à pleines bassines. Puis il succéda un crachin continu qui rendait le paysage semblable à ces peintures sur lesquelles on a pulvérisé de l'encre en fines gouttelettes.

Sous les fenêtres, les feuilles des bananiers résonnaient aux gouttes de pluie, insensibles à l'ennui des hommes. Au bord des étangs, les oiseaux s'étaient retirés dans le sommeil. Quel temps peu propice aux rêveries !

De leur côté, les détenus de la prison sous-préfectorale s'ennuyaient bien. Certains, voyant que la pluie ne cessait pas, prirent le parti de faire un somme, d'autant que le juge était absent. Quant aux gardiens, ils jouaient à des jeux d'argent, ou bien dormaient, ou encore s'adonnaient aux échecs. Xu Xuan, accablé, enrageait de n'avoir pas une paire d'ailes pour s'envoler vers Nankin. Il essaya de se faire une raison, mais ce ne fut pas sans soupirs.

On vit bientôt arriver un campagnard qui portait deux seaux à purin suspendus aux extrémités d'une palanche. Sa puisette à la main, il se dirigea vers la prison et entra. Xu Xuan jeta un coup d'œil au-dehors et constata que le bonhomme avait laissé la porte ouverte : quelle tentation ! Cependant, il fallait se garder d'agir à la légère. Le paysan, muni de sa puisette à long manche, se mit à curer la fosse d'aisances et ses deux seaux furent bientôt remplis. Comme la pluie redoublait, il se dit : « Si je sors par ce temps il va pleuvoir dans mes seaux et la merde va déborder. Attendons que ça se calme. » Sur quoi il rentra, retira son chapeau en feuilles de bambou et son vêtement de pluie, qu'il accrocha au mur, puis alla regarder la partie d'échecs qui se jouait à ce moment-là.

Depuis l'Antiquité, on sait que les joueurs d'échecs, installés devant le jeu à l'heure où les premières étoiles apparaissent au ciel, peuvent rester là jusqu'à l'aurore, oublieux du sommeil. Et de l'aube au crépuscule, ils sont capables encore de jouer sans penser à manger. J'ai entendu dire à ce sujet que, dans une maison de pierre perdue au fin fond des montagnes, un bûcheron y laissa pourrir le manche de sa hache[64], ce qui valut à Jiangcun, vers la fin d'un été, d'emprunter à sa vieille épouse de nombreuses feuilles de papier à peinture[65].

Toujours est-il que notre paysan, fasciné par le jeu, en oublia ses seaux à crotte. En voyant cela, Xu Xuan fut traversé d'une pensée et se dit : « Maintenant, je sais ce qu'il me reste à faire... »

Il remonta sa longue robe, dont il se noua les pans autour de la taille, retira ses bas et ses souliers et mit à la place une paire de vieilles sandales. Il ôta son bonnet, le fourra dans sa manche et se couvrit du manteau de pluie et du chapeau en feuilles de bambou. Il alla jusqu'aux deux seaux à purin, chargea la palanche sur son épaule, et, la puisette à curer dans la main, se dirigea vers la sortie. Là, comme on croyait que c'était le paysan de tout à l'heure qui s'en retournait, on lui ouvrit bien grande la porte : qui aurait pu penser que c'était en fait un prisonnier ?

Xu Xuan porta sa palanche jusqu'à la sortie de la sous-préfecture. Ensuite, il alla dans un endroit tranquille, se débarrassa de son attirail et se mit à courir comme un dératé jusqu'aux portes de la ville. Là, il s'embarqua dans un bateau afin d'aller passer ses examens à Nankin. Par bonheur, il avait un peu d'argent sur lui. C'est ainsi qu'il partit donc, non sans un certain sang-froid !

Il arriva à destination le premier jour du mois suivant. Il chercha alors de quoi loger du côté de la maison des examens. Mais il ne trouva rien, car tout était complet. Il aperçut cependant, collée sur une maison située juste en face du bâtiment officiel, une affichette rouge sur laquelle était écrit : «Ici chambre calme pour résider en toute tranquillité en ce début d'automne.» «C'est drôle, se dit l'étudiant, comment se fait-il que ce soit encore libre, ici?»

Il entra et vit une femme.

«Que désirez-vous? dit celle-ci.

— Je viens vous demander le gîte, répondit-il.

— Seriez-vous Monsieur Xu?

— Tiens donc! s'exclama Xu Xuan. Comment savez-vous mon nom?»

Il put mieux la regarder. Elle devait avoir une trentaine d'années, la figure agréable, pleine de charme, l'air séduisant. Ses petits pieds en lotus d'or ne mesuraient pas plus de trois pouces et à ses mains, ses doigts menus évoquaient dix jeunes pousses de bambou. Elle présenta au jeune homme une pierre à encre et un pinceau, et lui dit :

«Ma maîtresse est veuve. Il serait inconvenant qu'elle vous reçoive en personne, mais elle a fait un rêve prémonitoire et vous prie de daigner écrire ici votre nom patronymique, votre nom personnel, l'endroit dont vous êtes originaire, ainsi que votre âge. S'ils correspondent à ce à quoi ma maîtresse s'attend, non seulement vous n'aurez pas à vous acquitter des frais du logis, mais en plus vous bénéficierez de bien d'autres faveurs... Dans le cas contraire, Madame ne saurait vous retenir plus longtemps.

— Encore un rêve ! s'exclama l'étudiant. Comme c'est étrange ! »

Il posa le papier et écrivit. Quand il eut terminé, la femme sortit une autre feuille de sa manche et compara les deux versions. « C'est bien ça ! C'est bien ça ! » dit-elle en jubilant. Et, appelant vers l'intérieur de la maison : « Madame ! Cela correspond exactement ! » Elle prit la feuille écrite par Xu Xuan et l'apporta à sa maîtresse. Celle-ci la prit et lut : « Xu Xuan, second nom personnel Xuanzhi, originaire de la sous-préfecture de Yizhen, préfecture de Yangzhou, dix-huit ans, né le cinquième jour du huitième mois à l'heure *wei*. »

Fort réjouie par l'arrivée de celui qu'elle attendait, elle ordonna à sa servante Wuyun, *Nuage des Monts Wu*, de lui porter du thé. Quand il l'eut bu, la camériste le conduisit à l'intérieur, jusqu'à une pièce garnie d'un lit peint, au ciel duquel étaient suspendus des rideaux de gaze. Un parfum embaumait l'air et la chambre, quoique peu spacieuse, n'en dégageait pas moins une impression d'élégance raffinée. Il y avait en outre un fort beau miroir.

« Comment se fait-il, demanda Xu, qu'une pièce garnie d'un si splendide miroir ne soit pas habitée ?

— C'est, répondit la servante, que, le premier jour du premier mois de cette année, ma maîtresse a rêvé, la nuit venue, qu'aux examens d'automne viendrait se présenter un certain Xu Xuan. Il ne fallait donc prêter la chambre à aucun autre que vous. Si les personnes qui se présentaient insistaient, on les priait de bien vouloir décliner leurs nom, date et lieu de naissance ; ma maîtresse, de peur d'oublier les révélations faites en rêve, avait noté vos huit caractères[66] sur une feuille, qu'elle avait ensuite tenue scellée. Mais en sept mois, pas une seule personne du nom de Xu ne s'est présentée et nous n'avons montré cette pièce à quiconque. Par conséquent, nul ne sait qu'il existe en ce lieu un aussi ravissant studio. »

Comme elle parlait, on entendit appeler du dehors : c'était quelqu'un qui venait pour louer la chambre.

« C'est d'jà loué ! dit Wuyun.

— Alors, pourquoi y'a une affiche ? »

Sans plus tarder, la servante arracha l'avis de location, puis retourna dans la maison.

Elle retrouva Xu Xuan en train de déballer son petit paquet d'argent. Il lui demanda une balance, qu'elle lui apporta. Il prit une feuille et fit ses comptes : pour acheter les cahiers d'examen et le nécessaire d'écriture qui constitue les *quatre trésors du lettré*[67], bref, tout ce qui était indispensable à la participation aux épreuves, il fallait dix taëls. Il pesa son argent : trois taëls ! Même sans loyer, il était loin du compte ! Il resta là, hébété, gémissant et poussant des soupirs. Pour ce qui était des repas, même pas la peine d'en parler ! Il se dit : « Je me suis évadé sur un coup de tête et voilà que je ne peux tout simplement pas me présenter aux épreuves ! Comment faire ? Je n'ai pas de vêtements à donner en gage et je n'ai dans cette ville aucun parent qui puisse m'assister. Me voilà vraiment au bout de la route ! Comment vais-je m'en sortir ? »

À ce moment, Wuyun entra, apportant une cruche de vin et plusieurs bols de nourriture qu'elle disposa sur la table. Le jeune homme lui dit :

« Ne vous donnez pas tant de mal. Je crois que je ne vais pas pouvoir rester ici.

— Pourquoi dites-vous cela ?

— Je suis venu avec une... certaine précipitation et je manque d'argent. Voilà que je me trouve coincé : je ne peux plus ni avancer ni reculer. »

La servante jeta un coup d'œil sur ses comptes et reprit :

« Pour ce qui est de l'encre, des pinceaux, du bonnet de gaze et de tout ce qui est nécessaire à la participation aux épreuves, nous avons tout ce qu'il faut ici, ce n'est pas la peine de les acheter.

— Comment se fait-il que vous ayez tout cela ?

— Feu mon maître, Monsieur Ruan, était un bachelier qui, ma foi, ne manquait pas de talent. Il décéda deux ans après avoir épousé ma maîtresse.

— De quoi est-il mort ?

— Sachez, répondit la servante, que Madame a un visage dont la beauté rappelle la fleur d'hibiscus, et la taille fine et souple les branches du saule. Ses sourcils arqués évoquent deux montagnes au printemps et ses yeux ont la pureté des eaux d'automne. Ses petits pieds valent mille onces d'or et l'on croirait ses mains faites de jade blanc. Mon maître fut si intensément attaché à ces beautés qu'il tomba malade et en mourut.

— C'est donc cela ! Mais... puis-je savoir quel âge a Madame ?

— Elle a vingt-deux ans. Elle vient d'achever son deuil cette année. »

Et elle reprit : « Allez ! Buvez donc une

coupe et ne vous faites plus de souci !»
Sur quoi elle sortit.

En entendant les paroles de la soubrette, Xu Xuan avait retrouvé son appé-
tit. «Bah ! N'y pensons plus, se dit-il,
mangeons, et nous verrons bien !»

Wuyun rentra bientôt, chargée de
toutes sortes d'affaires qui visiblement
avaient déjà servi. Rien ne manquait, y
compris des vêtements aux couleurs vives,
sombres, ou bleu de mer. Il y avait en plus
un paquet scellé contenant de l'argent.
La servante dit :

« Ma maîtresse vous fait transmettre ses
meilleurs vœux. Elle sait que vous n'êtes
pas venu directement de chez vous et que
vous êtes un peu à court. Mais nous avons
ici tout ce dont vous aurez besoin. Elle
vous prie d'accepter ces dix taëls.

— Mais, dit Xu Xuan fort surpris, je
suis bien fâché de vous causer du dé-
rangement ! Comment oserais-je encore
accepter une telle manifestation de bienveillance ? Si la chance me sourit à l'examen, il me sera certes facile de lui
prouver ma gratitude, mais dans le cas
contraire je risque bien de devoir me
montrer un ingrat ! Mais il y a autre
chose : comment se fait-il que votre maîtresse sache que je ne viens pas directement de chez moi ?

— Ce serait trop long à expliquer...
Tenez, prenez donc vos affaires ! »

Elle lui donna encore deux petites
boîtes à cartes de visite et disposa sur le
lit une couverture de soie rouge qui fleu-
rait bon le parfum. Quand elle eut plié
les courtepointes, elle lui apporta tous les
vêtements nécessaires. Tout fut fait pour
le mieux. « Même mes parents les plus
intimes n'auraient pas autant d'égards
pour moi ! » dit Xu Xuan.

La servante fit chauffer de l'eau pour
la toilette, la versa dans une cuvette et
invita le jeune homme à procéder à ses
ablutions. Un peu gêné, Xu lui demanda :

« Où donc est votre mari, pour que
vous soyez ainsi à vous épuiser à ces
tâches ancillaires ?

— Bah ! Ça ne vaut pas la peine qu'on
en parle ! Il était joueur. Voilà quatre ans,
il a volé à notre maître pour dix taëls de
bijoux et de vêtements, et puis il est parti,
sans se soucier de moi !

— Eh bien ! Qu'est-ce qui lui a pris, à
ce maudit chenapan, d'abandonner une
épouse comme vous ! »

À ces mots flatteurs, Wuyun ne répondit rien.

Un peu plus tard, elle revint avec de la

lumière et rapporta du vin chaud. Xu Xuan était comblé.

« Comment se fait-il qu'il n'y ait pas de serviteur dans cette demeure ? demanda-t-il.

— Il y en avait deux au début de l'année, mais ils ont disparu en emportant des choses d'ici. Il y avait aussi une soubrette, mais elle s'est laissé séduire par un homme. Ma maîtresse était très mécontente et n'a pas essayé de la rechercher. Je suis donc la seule domestique, mais vous savez, je n'ai pas tant de travail. »

Comme ils causaient, une voix ravissante se fit entendre à l'étage : « Wuyun ! Il est tard ! Va mettre la barre à la porte ! » La soubrette acquiesça.

En entendant cette adorable voix, Xu Xuan se mit à penser à Rongniang et se sentit tout à coup bien chagrin. Il se dit en lui-même : « Je me demande bien ce qui s'est passé à la prison après ma fuite. » Puis, après un instant de réflexion : « Bah ! Débarrassons-nous d'abord de nos affaires officielles, puis nous aviserons ! »

Sur quoi il but encore quelques coupes, fit apprêter ses couvertures et se mit au lit. Wuyun débarrassa la table, ferma la porte et alla se coucher à son tour.

Le lendemain matin, au réveil, Wuyun

le servit avec toujours autant d'empresse-
ment : nous ne nous y attarderons pas.

Xu Xuan mit des habits neufs, se munit
de son argent, et sortit acheter les cahiers
d'examen [68]. Il alla ensuite s'inscrire à la
préfecture de Yingtian [69]. Comme c'était
la première fois qu'il se présentait au
concours, il demanda à de vieux recalés
de bien vouloir lui expliquer le règlement
des épreuves.

Après plusieurs jours d'affairement, on
arriva au cinq du mois [70], jour auquel les
mandarins du jury participèrent au banquet des épreuves à la préfecture, avant
d'être reçus officiellement à la maison
des examens. Dans les rues aussi bien
qu'aux fenêtres, Xu Xuan put apercevoir
un nombre incalculable de femmes. Il en
était tout étourdi ! « Eh bien ma foi, se dit-
il, voilà en effet une bien belle ville ! » Ce
disant, il continua son chemin. Comme il
arrivait à la maison des concours, il entendit dire que les examinateurs métropolitains arrivaient. « Je me demande qui sont
les deux académiciens qui président », se
dit-il. Il les aperçut quelques instants plus
tard : il ne les connaissait pas.

Après avoir assisté aux cérémonies, il
s'en retourna à la maison. En arrivant à
la grande porte, il vit entrer une jeune
femme qui venait de descendre d'un

pavillon extérieur. Ne pouvant l'éviter, il lui adressa son salut. Il se dit : « Peut-être est-ce ma propriétaire. » Et il voulut la remercier pour son accueil, mais il se ravisa au dernier moment : « Peut-être n'est-ce qu'une parente venue regarder le défilé des mandarins. Mieux vaut ne pas adresser mes remerciements sans savoir. »

La femme rentra bien vite dans la maison, et, de derrière, il put mieux la regarder : « Elle est en effet divine ! se dit-il. Vraiment ravissante ! Dix fois mieux que Rongniang ! Çà ! J'aimerais bien savoir qui est cette belle personne ! »

Quand il entra, il vit une table richement garnie de toutes sortes de mets et de vin.

« Pourquoi tout cela ? s'enquit-il.

— Ma maîtresse désire vous souhaiter de nombreuses années de longévité », répondit Wuyun.

Le jeune homme réfléchit un instant et reprit : « Oh ! Comme c'est aimable ! J'avais complètement oublié que c'était aujourd'hui mon anniversaire ! » Sur quoi il se mit à table.

« Je vous ai occasionné bien des dépenses, dit-il. Qui s'occupe de faire vos achats ?

— Nous faisons appel à un journalier

pour puiser l'eau, couper le bois ou faire le marché. Mais il ne mange pas ici, nous ne lui donnons que le salaire.

— Ah bon ! C'est plus commode comme cela. Au fait, qui était la personne que j'ai aperçue tout à l'heure dans le pavillon de dehors ?

— C'était Madame. Elle était sortie regarder la réception des examinateurs.

— Oh ! Je lui ai manqué de respect : j'ai voulu la remercier pour ses bontés, mais je me suis retenu car je ne savais pas si c'était bien elle. Je vous supplie de bien vouloir lui transmettre toute ma gratitude et de lui demander de daigner accepter mes excuses. »

Après le repas, il se coucha.

Le huit, Wuyun lui apporta tout ce qui était nécessaire à l'examen : ginseng, chandelles, parfum apaisant. En voyant cela, Xu Xuan dit : « Je n'arriverai jamais à vous remercier pour tout ce que vous faites pour moi. »

Et il prit les objets.

La nuit venue, à la troisième veille [71], il se rendit à la maison des concours après avoir soupé. Il en sortit le lendemain à la même heure. En arrivant à la maison, il frappa à la porte. « On arrive ! » répondit Wuyun. Elle lui prépara du vin et de quoi manger. Pour lui témoigner sa gratitude,

Xu Xuan lui remit trois cents sapèques. Elle le remercia, et sortit. Puis le jeune homme alla se coucher à son tour et dormit jusqu'à l'heure de midi.

Quand les trois épreuves du concours furent terminées, ce fut la fête de la mi-automne [72]. Dans la cour intérieure de la maison, on avait préparé du vin à l'intention de Xu Xuan. Lorsque celui-ci eut terminé ses ablutions, Wuyun vint l'appeler : «Madame vous prie de bien vouloir venir prendre un peu de vin.» Le jeune homme se demanda : «Serait-elle là en personne?» Il s'habilla et descendit.

Elle était là en effet, sous la lune. Il lui adressa une profonde salutation et dit :

«Je ne suis qu'un homme insignifiant et sans talent, pas même originaire de votre ville, et vous m'avez accueilli avec les égards qu'on n'eût réservés d'ordinaire qu'à l'intime le plus cher; tant de bienveillance m'a fait concevoir à votre endroit le plus grand attachement.

— Je ne saurais mériter, dit Madame Ruan, le grand honneur que vous me faites de daigner m'accorder votre considération. Mais le phénix n'est point oiseau à se percher sur des chardons, le sage mérite mieux que la charge d'administrer cent hameaux. Ma misérable

chaumière de joncs est indigne de rece-
voir la lumière éclatante dont vous rayon-
nez. Mais c'est aujourd'hui l'heureux
jour de la mi-automne et, profitant de
ce que les concours ont pris fin, j'ai
voulu apprêter à votre intention quelques
méprisables coupes afin de vous exprimer mes humbles sentiments.

— Je vous remercie mille fois », dit le
jeune homme.

Sur quoi Madame Ruan l'invita à
prendre place et il but plusieurs rasades.
Bien qu'il eût pu se rendre compte des
grâces de son hôtesse, il n'osa se hasarder
à des privautés, respectueux qu'il était de
la sincérité de leur sentiment. Il reprit :

« J'ai ouï dire, Madame, qu'à l'occasion
du nouvel an, vous fîtes un rêve merveilleux. Puis-je en connaître le détail ?

— Mon mari Ruan Yiuyan, dit la jeune
veuve, quitta ce monde il y a quatre ans.
Or il m'apparut en rêve en cette nuit du
premier jour de l'an et m'a parlé d'évé-
nements qui s'étaient déroulés jadis dans
votre maison : l'un de vos ancêtres avait
une concubine, née Ruan, originaire de
Huizhou. Or celle-ci engagea une relation avec Xu Ji, un autre membre de votre
famille, et tous deux finirent par s'enfuir
en emportant avec eux une forte somme
d'argent dérobée à votre ancêtre. Par la

suite ils moururent et leurs biens revinrent à la famille de la concubine. Plus tard, mon futur mari naquit chez les Ruan ; or il n'était autre que la réincarnation de Xu Ji. Maintenant, il se trouve dans le ventre de la servante Qiuhong : il sera donc votre fils. Par conséquent, il convient que je devienne votre épouse secondaire et que tous mes biens vous reviennent, afin que soit racheté le vol dont votre ancêtre avait autrefois été victime. Vous comprenez maintenant comment j'ai su votre nom, la date et le lieu de votre naissance. Sachez encore que, la nuit du quinzième jour du septième mois, mon mari m'apparut une deuxième fois. Il me révéla que vous étiez destiné à l'origine à être reçu parmi les tout premiers aux concours, mais que, pour avoir souillé deux filles au vu et au su des divinités célestes, vous aviez offensé le Ciel et la Terre et aviez ainsi perdu toute chance de réussite aux examens locaux. Cependant, grâce à l'intercession de trois générations de vos ancêtres auprès du Dieu des Murailles et des Fossés[73], vous avez pu gagner l'assurance d'être reçu au concours auquel vous avez participé ces jours derniers. Enfin, le premier de ce mois, à la cinquième veille, mon époux m'est apparu une fois encore et m'a averti de votre arrivée ce jour-là. Il m'a appris que pour vous être complu dans la fornication et vous être souillé sans chercher à vous cacher des Trois Sources de Lumière que sont le soleil, la lune et les étoiles, vous aviez été jeté en prison et ne pouviez en sortir. C'est encore une fois grâce à l'intervention de vos ancêtres que vous avez pu profiter d'un moment propice pour vous rendre à Nankin. Voilà pourquoi je savais que vous n'étiez pas venu directement de chez vous. Il m'a semblé bon que vous sachiez tout cela. »

Quand elle eut terminé, Xu Xuan ne put cacher sa stupéfaction :

« Ça alors ! s'exclama-t-il. Le Ciel et la Terre sont donc si infaillibles ! En vérité je voulais tout vous avouer, mais je craignais leur courroux. Voilà qui ajoute à mon amertume !

— Je conçois, reprit Madame Ruan, que cette révélation puisse vous rendre le vin triste, mais vous savez au moins que vous avez réussi haut la main les examens. Et, qui sait ? peut-être vos bonnes actions parviendront-elles à émouvoir le Ciel et à vous ouvrir la voie de la réussite aux examens de la capitale ! Ne soyez donc pas si chagrin.

— Mais oui ! enchaîna Wuyun. Reprenez-vous, car ce soir vous boirez la coupe nuptiale ! »

Xu Xuan ne pouvait repousser leurs intentions si pleines de prévenance. D'un air enjoué, il déclara : « Oui, vous avez raison. Parlons d'autre chose ! » Et il continua :

« Puisqu'il a été décidé que nous serions mari et femme, à quoi bon faire des manières !

— Mais nous n'avons pas d'entremetteuse ! protesta Madame Ruan.

— Eh bien levons notre coupe. Vous le savez bien : on dit que le vin est l'entremetteur de l'amour !

— Mais il n'y a personne non plus pour me conduire chez mon nouvel époux, fit observer la jeune femme en riant.

— Eh bien nous compterons sur les bons offices de Chang'E [74] ! »

Cette fois, Madame Ruan ne sut que répondre. Xu Xuan but une gorgée et approcha la coupe de ses lèvres : « Buvez donc le vin de notre union », dit-il. Et elle but à son tour.

Il alla s'asseoir tout près d'elle et l'enlaça tendrement. Peu à peu leurs sens s'éveillèrent. Wuyun intervint : « La lune décline : il est temps d'aller se coucher. » Elle prit une lampe et conduisit les deux amants dans la chambre de la jeune femme, puis redescendit débarrasser la table. Xu Xuan put contempler la pièce : elle était aménagée avec un luxe raffiné. Il dénoua les vêtements de la jeune femme tandis que celle-ci soufflait la lanterne. La lune justement éclaira la chaise sur laquelle elle était assise. «Eh bien, vous voyez, dit Xu en riant, on m'a apporté la nouvelle mariée!» Ruan eut un petit rire et tous deux se mirent au lit.

L'amante et son amant sont sous les draps d'azur,
Et du pommier en fleur il aime la fraîche allure.
Les canards mandarins volent sur l'oreiller,
Un lourd parfum embaume : cannelle et orchidée.
Que virevoltent les bas de soie, dans ce désordre insensé !
Les esprits se déchaînent :
Que nous importe en ce moment une coiffure désordonnée!
Lentement, dans un sourire, elle tend cuisses et poignets,
Timidement, il faut le dire, elle dévoile taille et jarrets.
Et dans son cœur, elle chavire...
Qu'y peut la belle? Elle a tout pour séduire !

Une souillure odorante a oint la soie des habits...
Tache printanière d'un fard rubis...
Est-il séant de lui dire combien sa voix nous ravit ?
De ce rêve merveilleux elle conserve encore l'image,
Tout en s'acquittant au mieux de sa dette de mariage.

Cette nuit-là, Xu et Ruan se plongèrent à corps perdu dans les délices de l'amour et ne s'endormirent qu'à la cinquième veille. Puis, quand les lueurs rouges de l'aurore éclairèrent la croisée, les deux amants se mirent à nouveau à échanger de tendres caresses. Ils s'éveillèrent complètement en entendant les pas de Wuyun, puis s'habillèrent et se levèrent. Nous n'en dirons pas plus.

Revenons-en à la prison où, le jour de l'évasion du jeune homme, les serviteurs de ce dernier vinrent lui apporter à manger et ne le trouvèrent point. Ce fut l'ébullition parmi les geôliers et gardes-chiourme. Comme le paysan n'arrivait pas à remettre la main sur ses seaux à engrais, le portier s'écria : « Bon sang ! Il m'a couillonné ! C'est lui qu'est sorti avec la palanche ! »

On chercha partout, mais de Xu Xuan :

point! On ne retrouva que l'attirail du videur de fosses.

De son côté, le jeune évadé avait été reçu à l'examen, en fin de liste, et son nom fut inscrit dans la gazette[75].

Il revint triomphalement chez Ruan. À cette heureuse occasion, celle-ci procéda à des distributions de sapèques, à la grande joie de chacun. La prémonition du rêve s'était accompli. Le soir venu, il va sans dire que le vin coula et qu'ils purent donner libre cours à leur tendresse amoureuse.

Xu resta encore deux mois l'hôte de la jeune femme, puis se rendit à la capitale passer les examens du doctorat[76]. Or l'ancien sous-préfet de Yizhen, qui avait été nommé examinateur adjoint au jury provincial du Sichuan, fut chargé des mêmes fonctions aux concours métropolitains. Xu Xuan faisait partie de sa section et fut reçu docteur, en fin de liste. Il lui expliqua, à l'occasion d'une entrevue, comment Qiuhong avait plaidé la cause de Rongniang et comment les parents de la jeune fille s'étaient refusés à accéder à sa demande en mariage. L'ancien sous-préfet lui promit d'user de toute son influence et l'assura qu'après ses réussites successives, il n'avait aucune inquiétude à avoir quant à l'issue de cette affaire.

C'est ainsi que fut finalement choisi le jour propice au mariage. Rongniang, parée de ses plus beaux atours, fit en compagnie de son époux ses dévotions devant l'autel des ancêtres, à la lueur des bougies de noces. Quant à Qiuhong, elle devint sa seconde épouse.

Quand Rongniang demanda à son mari chez qui il avait séjourné à la capitale provinciale après son évasion, celui-ci lui expliqua dans le détail les bontés infinies que Madame Ruan lui avait prodiguées quand, à la suite de son rêve, elle lui avait offert du vin et de l'argent. Il lui dit encore comment elle avait bu en sa compagnie et comment tous deux avaient fini par partager oreiller et couvertures. Infiniment reconnaissante envers cette personne, Rongniang insista auprès de son mari pour qu'il la convainquît de devenir sa femme. Madame Ruan accepta de bonne grâce d'être la troisième épouse de Xu Xuan, d'autant que ce mariage s'accordait avec son rêve.

Par la suite, Xu se distingua par ses bonnes actions et Qiuhong donna naissance à un fils qui devint plus tard docteur. Épouse et concubines mirent au monde de nombreux enfants qui leur donnèrent à leur tour des petits-enfants. Tous observèrent scrupuleusement les

Dix Interdits[77] et connurent les succès aux examens officiels.

Je crois en effet qu'un homme perverti qui tend vers le bien peut transformer l'adversité en bonheur. J'invite chacun à accorder toute son attention à ses huit caractères : ils sont simples et lapidaires, mais si l'on vit en accord avec eux, l'on peut accéder tout naturellement à la félicité.

Porter son soin à bien agir,
Se garder bien de s'avilir !

Commentaire général :

Que dans les brumes d'un songe s'unissent les corps et se mêlent les âmes, qu'un phénix d'or prenne son vol divin et qu'un poisson de jade jaillisse de l'onde afin que mari et femme faits pour une union d'un siècle se trouvent en harmonie dès la première rencontre, n'est-ce pas là la marque de la convergence des volontés du Ciel ? Qu'après avoir chu par surprise du Pont aux Indigotiers et après avoir été précipité quelque temps dans les affres de la réclusion, voir se présenter l'occasion de prendre la fuite afin d'accomplir un destin grandiose comparable à celui de l'Oiseau Peng[78] franchissant dix mille li d'un coup d'aile, et pouvoir, en homme de valeur dont l'éminence évoque celle de l'aigle pêcheur, rencontrer la belle avec laquelle un rêve a ordonné l'union semblable à celle de deux étoiles, c'est là la marque que le Ciel, prenant soin de l'homme de talent, assure son bonheur pour son existence entière. Enfin, observer diligemment les Dix Interdits et faire preuve d'un sincère repentir grâce auquel seront assurées les réussites aux examens officiels et donner ainsi aux enfants et petits-enfants qui s'en tiendront à observer ces préceptes l'occasion de se couvrir de gloire pour les générations successives, n'est-ce pas là la preuve de la volonté du Ciel de racheter les égarements ? Si les générations futures veillent à appliquer la règle « Porter son soin à bien agir, Se garder bien de s'avilir », ils sont assurés que les vertus dont ils feront preuve seront génératrices d'un immense bonheur !

NOTES

1. *Le Pavillon de l'Ouest* (*Xixiang ji*) : cette pièce, la plus célèbre du théâtre des Yuan (XIIIe XIVe siècle), écrite par Wang Shifu, est devenue en Chine l'archétype des histoires d'amour. Inspirée d'une nouvelle de Yuan Zhen (779-831), *La biographie de Yingying*, l'histoire raconte comment Cui Yingying, la fille d'un ministre d'État décédé, engage une relation avec un jeune lettré talentueux, Zhang Hong, grâce à la complicité de Hongniang, sa petite camériste ingénue. Tout d'abord opposée au mariage, la mère de la jeune fille finira par s'incliner devant l'amour des deux amants, Zhang Hong ayant été reçu premier docteur aux examens de la capitale.

2. *Sous « le vent et la lune »* : ce cliché fort courant désigne les relations amoureuses.

3. *La préfecture de Yangzhou* : dans l'actuelle province du Jiangsu. Traversée par le Grand Canal, cette région était le siège d'une intense activité commerciale et connaissait une grande prospérité.

4. *La distinction [...] de Zhang Han* : ce poète de la dynastie des Jin (IIIe siècle) était connu pour son esprit indépendant et ses grands talents littéraires.

5. *Ban Gu ou [...] Sima Qian* : Sima Qian (145?-86 à 74 av. J.-C.), le père de l'historiographie chinoise, est l'auteur des *Mémoires historiques* (*Shiji*), la première des histoires officielles, qui servira de modèle au cours des siècles pour la rédaction des annales dynastiques. À

l'âge de dix ans, il était déjà un fin lettré. Ban Gu (32-92 ap. J.-C.) l'auteur de l'*Histoire des Han* (*Han shu*), et de plusieurs ouvrages majeurs, fut l'une des personnalités les plus marquantes de son époque. Dès l'âge de neuf ans, il excellait aux compositions littéraires. En raison de leur talent précoce et de leurs destinées exceptionnelles, ces deux personnages symbolisent le génie littéraire.

6. *Un richissime saunier. Originaire de Huizhou* : Huizhou, dans l'Anhui, était célèbre pour la richesse de ses marchands et de ses usuriers. Le commerce du sel, monopole d'État depuis 117 av. J.-C., pouvait être confié sous licence à des marchands privés, qui en tiraient un profit considérable. Il est normal que M. Shi se soit installé au bord du Grand Canal, principale voie de transit permettant le transport au nord de l'empire de la production des marais salants du bas Yangzi. Peut-être, comme c'était souvent le cas, M. Shi possédait-il ses propres filiales, installées en plusieurs points tout le long du canal.

7. *Poème composite* (*ji shi*) : un petit jeu poétique fort goûté dans les réunions lettrées consistait à composer un «poème-patchwork» constitué de vers empruntés à différents auteurs. Comme ici, où les noms des poètes sont indiqués, on puisait de préférence dans les œuvres de la dynastie des Tang (618-907), âge d'or de la poésie régulière.

8. *Le bouchon flotte au vent* : littéralement *fanion de vin* (*jiuqi*), pièce d'étoffe servant d'enseigne aux estaminets. En France, on appelait autrefois *bouchon* une petite gerbe de paille indiquant une auberge.

9. *Les Trois Repas Froids* [...] *la Clarté Pure* : la *Clarté Pure* (*Qingming*), qui commence vers le 5 avril, est l'une des vingt-quatre périodes de l'année chinoise. Au premier jour, à la *Fête Qingming*, on procède à l'entretien de la tombe familiale et l'on fait des offrandes aux âmes des morts. Pendant les trois jours qui précèdent cette fête, il est interdit de faire du feu et les repas doivent être pris froids. Cette époque de l'année est l'occasion de réjouissances familiales.

10. *La Pluie des Céréales* (*gu yu*) : dernière des six périodes du printemps, elle succède à la *Clarté Pure* et commence vers le 20 avril.

11. *Au Puits du Dragon* (*Longjing*) : le thé Longjing, qui doit son nom à un puits situé à Hangzhou, est l'un des plus réputés de toute la Chine.

12. *Près de Beimang, allons aux tombes* : le Mont Beimang, situé dans l'actuelle province du Henan, fut choisi sous les Han (IIIᵉ siècle av. J.-C. - IIIᵉ siècle ap. J.-C.) comme lieu de sépulture de nombreux princes et nobles, si bien qu'il finit par désigner les tombes en général, par allusion.

13. *À la Rive Sud, adieu ami* : l'expression *Rive Sud* désigne la séparation d'avec un être cher, par allusion à un vers des *Élégies de Chu* du célèbre poète Qu Yan (343-290 av. J.-C.).

14. *Son qin précieux* : le *qin* est un instrument de musique de forme oblongue tendu de sept cordes de soie, que l'on joue à la manière d'une cithare, posé sur une table. Son répertoire est composé de pièces raffinées et très élaborées, qui en font l'instrument de prédilection des lettrés ; le *qin* figure d'ailleurs, aux côtés des échecs, de la calligraphie et de la peinture, parmi les quatre arts d'agrément que tout homme cultivé doit posséder.

15. *On pouvait voir danser la Grue Noire* (*Xuan he*) : quand le maître de musique Shi Kuang jouait de la cithare, rapportent les *Mémoires historiques* de Sima Qian, seize grues noires (oiseaux réputés avoir deux mille ans d'âge) se rassemblaient près de sa porte pour l'écouter jouer. L'expression désigne donc un jeu musical sublime.

16. *Le discours du Sycomore Calciné* (*jiao tong*) : cette expression ampoulée fait allusion à un passage de la biographie de Cai Yong (132-192) : en brûlant, un morceau de sycomore fait un crépitement harmonieux ; Cai sauve la pièce de bois du feu et en fait construire un *qin* qui, comme il l'escomptait, possède d'exceptionnelles qualités musicales. L'instrument étant resté

noirci à l'une de ses extrémités, l'expression a continué, par allusion, à désigner le *qin* lui-même.

17. *Parmi les sterculiers, s'éleva le chant du faisan* [...] : *Le Jardin des Étrangetés* (*Yi yuan*) de Liu Jingshu (ve siècle) rapporte que le roi du Cachemire possédait un faisan de couleur sombre qui ne chantait que lorsqu'il apercevait son propre reflet dans un miroir.

18. *Le désir qui anima jadis Zhuo Wenjun* : c'est en écoutant Sima Xiangru jouer du *qin* que la belle veuve Zhuo Wenjun tomba éperdument amoureuse de lui. L'expression *cœur de qin* (*qin xin*) est d'ailleurs restée depuis cette histoire pour désigner les sentiments (amoureux) exprimés à travers la musique.

19. *Celle qui « comprend la musique »* (*zhi yin*) : cette expression désignant la profonde communion de deux amis intimes fait allusion à une célèbre histoire relatée dans *Les printemps et automnes de Lü* (*Lü shi Chunqiu* (IIIe siècle av. J.-C.)) : le lettré Yu Boya était un fin joueur de *qin*, mais seul Zhong Ziqi, pourtant simple bûcheron, fut capable de comprendre les sentiments exprimés par sa musique. Lorsque Ziqi mourut, Boya brisa son *qin*, voyant qu'il ne rencontrerait plus jamais un ami comme lui.

20. *Un tube scellé* (*feng tong*) : petit étui servant à transmettre les messages.

21. *Lui souhaita dix mille bonheurs* (*wan fu*) : la salutation habituelle prononcée par les femmes.

22. *Mes talents n'égalent en rien ceux d'un Zijian* : Zijian est le nom personnel de Cai Zhi (192-232), fils du Prince de Wei Cao Cao (155-220). Rompu dès l'âge de dix ans aux exercices littéraires, il composait des poèmes en un tournemain ; mis à l'épreuve par son frère l'empereur, il en improvisa un en faisant sept pas.

23. *Ma figure ne saurait rappeler celle de Pan An* : le parangon de la beauté masculine.

24. *À l'heure wei* : entre 13 h et 15 h.

25. *Le Soupir de la Tête Blanche* : Alors que Sima Xiangru caressait le projet de prendre une concubine, son épouse Zhuo Wenjun aurait, dit-on, composé le poème (en fait apocryphe) intitulé *La plainte de la Tête Blanche*

(*Bai tou yin*), qui sut assez émouvoir son mari pour que celui-ci renonçât à son idée.

26. *Le coucou chante et saigne* : le chant du coucou est, dit-on, si déchirant que sa bouche en saigne. Souvent d'un beau rouge vif, les azalées sont d'ailleurs appelées en chinois *fleurs de coucou* (*dujuan*).

27. *Un or du Lac Poyang* : c'est-à-dire un or fin, et non nécessairement originaire de ce grand lac de l'actuelle province du Jiangxi, dont certains ouvrages indiquent en effet qu'on y trouvait de l'or. Ajoutons en passant que l'extraction de ce métal a toujours été quantitativement faible en Chine, l'argent étant beaucoup plus couramment utilisé.

28. *Reconnu des Langhuang par une nuit pluvieuse* : c'est-à-dire un or de bon aloi estimé par des connaisseurs. Les Langhuang étaient une ancienne tribu non chinoise de l'est de la Chine, dont les membres étaient réputés vivre entièrement nus. Certains ouvrages de *mirabilia* (des premiers siècles de notre ère) affirment que ces populations commerçaient de nuit avec les Chinois et pouvaient estimer la qualité de l'or en se fiant à leur seul odorat.

29. *Je le donne à Chang'E* : Chang'E était l'épouse de Yi l'Archer, Hou Yi, personnage mythique qui abattit de ses flèches neuf des dix soleils qui menaçaient de brûler la Terre. Elle vola à son mari les pilules d'immortalité et s'enfuit dans la Lune pour échapper à son courroux. Elle est ainsi devenue la déesse de la Lune.

30. *Au disque de jade provenant de Chuiji* : le lieu-dit Chuiji était réputé pour la beauté des jades qu'on y trouvait. Les disques (*bi*) étaient de belles pièces de jade rondes, percées d'un trou, rond lui aussi. Utilisés comme éléments décoratifs suspendus à la ceinture — on en appréciait les tintements harmonieux —, ils avaient aussi une signification rituelle beaucoup plus profonde en tant que symbole du soleil.

31. *Au joyau précieux valant plusieurs cités* : les *Mémoires historiques* de Sima Qian (biographie de Lin Xiangru) rapportent l'anecdote restée célèbre des tentatives du Prince Zhao de Qin de s'approprier un précieux disque

de jade alors en possession du prince Huiwen de Zhao. Le prince de Qin proposa quinze villes en échange du joyau, mais la félonie de sa proposition fut vite percée à jour. L'expression désigne depuis par allusion les joyaux inestimables. Rappelons que *Le théâtre du silence* de Li Yu, dont deux contes sont ici présentés («Les femmes jalouses» et «Bel ami, tendre épouse»), fut publié dans une version modifiée sous le nom du *Disque de jade valant plusieurs cités* (*Liancheng bi*), sans doute pour montrer combien cet ouvrage était précieux!

32. *Ou des cinq jades remis aux nobles* : la noblesse chinoise antique comportait comme chez nous cinq grades (par convention, on les traduit par nos dénominations, de *duc* à *chevalier*). Lors de leur investiture, leur souverain leur remettait une pièce de jade particulière comme marque de leur autorité.

33. *À Lantian* [...] *à Kungang* : deux lieux fameux pour la qualité des jades qu'on y trouve. Lantian se trouve dans l'actuelle province du Shaanxi, et est plus connu de nos jours pour le crâne d'*homo erectus lantianensis* qu'on y découvrit en 1963. Dans l'Antiquité, Kungang désignait peut-être le même lieu.

34. *Des Cinq Capitales* (*Wu du*) : au cours de l'histoire, cette dénomination a désigné plusieurs ensembles différents, en particulier sous les Tang (618-907), où la capitale, Chang'An, était assistée de quatre grandes cités correspondant aux points cardinaux. Mais, par extension, cette expression a fini par désigner n'importe quelle grande et belle ville.

35. *De l'affliction de Xun préservons-nous céans* : *Les devis nouveaux sur les dires du monde* (*Shi shuo xin yu*) de Liu Yiqing (ve siècle) rapportent l'émouvante histoire de Xun Can qui mourut de chagrin un an après le décès de sa fiancée.

36. *La Petite-Fille du Ciel* (*Tian sun*) *tisse nuages en brocart* : la *Petite-Fille du Ciel* désigne l'*étoile de la Tisserande*, et se rapporte à l'une des histoires les plus célèbres de la mythologie chinoise : la Tisserande, petite-fille de l'Empereur du Ciel, se marie secrètement au bouvier, un humble mortel, et lui donne deux enfants. Rappe-

lée au Ciel de façon quelque peu autoritaire, elle obtient cependant l'autorisation de retrouver une fois l'an son époux bien-aimé, le septième jour du septième mois. Ce jour-là, des pies en vol forment un pont au-dessus du *Fleuve Céleste* (= la Voie Lactée) pour permettre aux deux amants de se rencontrer. Ce jour est en Chine l'occasion de grandes réjouissances et constitue l'une des principales fêtes de l'année.

37. *Que plus jamais le givre au sixième mois s'égare* : c'est-à-dire : « qu'il n'y ait plus jamais d'injustice ». Allusion à l'histoire de Zou Yan qui, à l'époque des Royaumes Combattants (v^e-iiie siècle av. J.-C.), fut emprisonné à tort et sut assez émouvoir le Ciel pour que celui-ci fit tomber de la gelée blanche en plein été, marquant ainsi son courroux. Le thème de la neige en été comme preuve d'une injustice commise a d'ailleurs fait fortune, comme dans cette splendide pièce de théâtre de Guan Hanqing (xiiie siècle) : *L'injustice faite à Dou E* (*Dou E yuan*).

38. *Le loriot passe le mur* : Mengzi (VI, I), l'un des *Quatre Livres,* utilise l'image du saut par-dessus un mur pour désigner l'agression sexuelle.

39. *Rêvaient de Gaotang* [...] *Monts Wu* [...] *Chu Xiang* : allusion à une anecdote rapportée dans la *Composition sur Gaotang*, attribuée au poète Song Yu qui vécut à l'époque des Royaumes Combattants, au iiie siècle avant notre ère. Elle relate la rencontre entre le roi Xiang de Chu et une divinité féminine qui s'unit au souverain lors d'un rêve que fit ce dernier au Belvédère de Gaotang. La belle jeune femme lui dit être originaire des Monts Wu et évoluer au matin sur les nuages et au soir sur la pluie, près de la Terrasse Yangtai (i.e. Terrasse du *Yang,* c'est-à-dire du *Soleil*). Les multiples allusions de la littérature chinoise, galante ou non, au roi Xiang et à la fée, aux Monts Wu, à la Terrasse Yangtai, au rêve de Gaotang, etc., se rapportent toutes à cette histoire. En fait il n'est pas douteux que l'interprétation sexuelle de la pluie et des nuages se rapporte à des conceptions beaucoup plus anciennes; enfin, ces deux éléments

désignent aussi la semence masculine et les sécrétions féminines.

40. *L'épingle aux Cinq Phénix* : cinq oiseaux plus ou moins légendaires sont désignés collectivement sous ce nom ; ils sont générateurs de félicité. Sous les Song, l'expression a aussi désigné cinq personnages éminents.

41. *La cruche à glace* (*bing hu*) : la cruche de jade emplie de glace symbolise, par sa blancheur immaculée, la pureté d'un sentiment.

42. *Le Canard Précieux* (*bao ya*) : il s'agit d'un encensoir, pièce d'orfèvrerie qui a la forme de ce palmipède. L'allusion à l'encens se rapporte à la noblesse des sentiments éprouvés.

43. *Le miroir, fleur de macre* (*ling hua*) : le reflet de la lumière dans les anciens miroirs de bronze rappelait, dit-on, la fleur de la macre, d'où cette expression allusive.

44. *La Licorne de Pierre en vain rêve parlait* : la licorne (*qilin*) était un animal fabuleux qui annonçait la venue d'un sage. On appelait amicalement un enfant intelligent du nom de *Licorne de Pierre*, pour lui souhaiter un avenir brillant.

45. *Sans message, l'Oiseau Noir* : une légende raconte comment la Reine-Mère d'Occident (*Xi Wangmu*), qui règne au Jardin des Pêches d'Immortalité, annonça sa venue à l'empereur Wudi des Han (141-87 av. J.-C.) en lui faisant porter un message par un oiseau noir. Depuis, cette expression désigne allusivement le messager tant attendu.

46. *Xu prit ses lotus d'or* (*jin lian*) : la concubine Pan Fei du royaume de Qi (fin du Vᵉ siècle) dansait, dit-on, de façon si gracieuse qu'à chacun de ses pas éclosait un lotus d'or. Depuis, l'expression a servi à désigner les pieds bandés des femmes chinoises. Cette pratique, introduite probablement à l'époque des Cinq Dynasties (907-960) et répandue sous les Song (960-1279), consistait à comprimer fortement les pieds des petites filles dans des bandelettes pour que leur longueur ne dépassât pas quelques centimètres ; il en résultait une sévère

déformation et atrophie des os. Le pied menu était tenu pour la partie la plus érotique du corps féminin et les illustrations anciennes témoignent que, même entièrement nues et en plein commerce charnel, les femmes gardaient toujours leurs petits *souliers arqués* (*gongxie*), en forme de croissants de lune et souvent véritables petits chefs-d'œuvre de broderie. Les romans anciens fourmillent d'allusions à cette partie du corps : ici on commente la beauté d'une femme tout en déplorant la longueur de ses pieds, là on assiste à une union amoureuse où, quasi rituellement, le jeune homme commence par saisir dans ses mains les microscopiques appendices de sa bien-aimée. On sait que cette pratique n'a disparu qu'au début du xxᵉ siècle et qu'en Chine on peut encore voir de nos jours de vieilles femmes déambulant avec ce gracieux dandinement qui faisait les délices des Chinois d'antan ! La tentative des autorités de faire abolir cette pratique jugée cruelle ne date d'ailleurs pas d'hier : on sait en effet que, dans la deuxième moitié du xviiᵉ siècle, les dominateurs mandchous se sont heurtés à la farouche résistance des Chinoises à l'abandon de cette coutume ; les femmes mandchoues, à leur grand désarroi, se virent seules interdire l'accès aux lotus d'or : elles durent se contenter de se chausser en douce quelques pointures au-dessous ! Les lecteurs du *Rêve dans le pavillon rouge* (traduit en français par Li Tche-houa, Bibliothèque de la Pléiade, Gallimard) auront d'ailleurs remarqué que les filles de la noblesse qu'on y voit évoluer galopent librement. Fascinante pour les Occidentaux, cette pratique a suscité une abondante littérature : on se reportera utilement au maître-ouvrage de Robert van Gulik *La vie sexuelle dans la Chine ancienne* (traduction française : Gallimard, 1971), pp. 274 sq.

47. *La belle Qin* [...] *Xiaoshi* [...] : allusion aux immortels Xiaoshi et Nongyu. Les deux époux de ce couple idyllique légendaire jouaient si bien de la flûte que paons et grues blanches venaient les écouter. Un beau jour, les deux immortels s'envolèrent dans les cieux à la suite de deux phénix. Cette histoire est racontée dans

les *Biographies des Immortels* (*Lie xian zhuan*), ouvrage du
Ier siècle av. J.-C. dont il existe une traduction en français, par Max Kaltenmark (publications du Centre
d'études sinologiques de Pékin, 1953). Nongyu étant la
fille du roi Mu de Qin, on l'appelle ici la « *belle Qin* ».

48. *Pavillon aux Pivoines* : allusion à la pièce de
théâtre du même nom (*Mudan ting*), œuvre la plus
célèbre du grand dramaturge des Ming Tang Xianzu
(1550-1617), et l'un des chefs-d'œuvre du théâtre chinois. L'histoire raconte comment Du Liniang, une
jeune fille de grande famille, s'unit en rêve à un beau
jeune homme. Après son réveil, elle tombe malade
d'amour et meurt de langueur, non sans avoir fait auparavant son autoportrait. Après sa mort, un jeune lettré
talentueux, Liu Mengmei, dort dans la chambre au por-
trait : la défunte lui apparaît en rêve et lui dit d'ouvrir
son cercueil. Le jeune homme obéit et Liniang se
réveille de ce qui était en fait un long sommeil. Par la
suite, les deux amants obtiennent — on s'en doutait —
l'autorisation de se marier. Cette pièce figure, avec *Le
Pavillon de l'Ouest* de Wang Shifu, comme l'archétype
des histoires d'amour chinoises. L'importance des épi-
sodes oniriques de cette œuvre ne laisse planer aucun
doute quant à l'inspiration de l'auteur du présent
conte.

49. *Pont aux Indigotiers* : allusion à une nouvelle du
IXe siècle, où l'on raconte comment Pei Hang rencon-
tra au *Relais du Pont aux Indigotiers* l'immortelle
Yunying, et comment il put l'épouser après avoir pilé
le cinabre d'immortalité dans un mortier de jade. Cette
histoire a dû faire longtemps partie du répertoire des
conteurs, comme en témoigne sa présence au sein des
Livrets de la Salle du Mont pur et calme (*Qingpingshantang
huaben*), un recueil de contes publié dans les années
1522-1567. Par ailleurs, de nombreuses pièces de
théâtre ont mis en scène cette histoire.

50. *Au Radeau du Bouvier* : cf. *supra*, note 36 (« *La
Petite-Fille du Ciel* ») ; le radeau désigne le moyen de tra-
verser le *Fleuve Céleste*.

51. *Point besoin du pipa aux accents douloureux* : allu-

sion à une autre pièce de théâtre : *L'histoire du pipa* (*Pipa ji*) de Gao Ming (XIVᵉ siècle) (le *pipa* est un instrument de musique qui a la forme d'un luth). L'histoire raconte comment la fidèle Zhao Wuniang part rejoindre à la capitale son époux Cai Bojie, marié de force à la fille du Grand Précepteur, en jouant du *pipa* sur la route pour mendier. Cette pièce émouvante, aux accents souvent poignants, fait l'éloge de la fidélité conjugale.

52. *Attendons à l'automne ; si par bonheur la chance me sourit* : Xu Xuan fait allusion aux épreuves de l'examen provincial de licence, qui ont toujours lieu en automne. Rappelons que cet examen est triennal.

53. *Au cas où je resterais au-delà du Mont Sun* : tournure allusive désignant l'échec aux examens officiels. Un étudiant plein d'esprit nommé Sun Shan va passer les examens en compagnie du fils d'un voisin ; il réussit, mais son compagnon échoue. À son retour, par un jeu de mots sur son propre nom — *Sun Shan* pouvant signifier *Mont de Sun* —, il dit au père du recalé que son fils est resté « *au-delà du Mont Sun* », c'est-à-dire qu'il a moins bien réussi que lui, pourtant reçu bon dernier.

54. *L'Examinateur Provincial* [...] *examens de la préfecture* [...] *de la sous-préfecture* : mandaté pour trois ans dans une province, l'Examinateur Provincial (*Zongshi*) s'occupe de l'organisation des examens, notamment des épreuves préparatoires au concours de licence. Avant de se présenter à ce concours, le candidat doit être reçu aux épreuves de la sous-préfecture et de la préfecture. Toutefois, certains candidats particulièrement brillants peuvent être dispensés d'examen sous-préfectoral ; on désigne ces élèves sous l'appellation courante de *qing'er* (*fils favori*).

55. *Examinateur adjoint* [...] *section* : l'examinateur adjoint (*fangkao*) procède à la première correction des cahiers d'épreuves avant de les soumettre à l'examinateur principal (*zhukao*). Les candidats présentés sont divisés en un certain nombre de sections (*fang*) et leurs copies sont soumises au jugement d'un correcteur chef de section (*fangguan* ou *fangshi*). Rappelons que, pour

garantir la plus grande impartialité des correcteurs, les cahiers d'épreuves sont rendus anonymes par scellement du nom du candidat et apposition d'un numéro. Avant soumission à l'œil vigilant du correcteur, les cahiers sont intégralement recopiés par des copistes professionnels afin qu'aucune écriture ne puisse être reconnue. Plusieurs centaines de copistes sont ainsi mobilisés pendant plusieurs semaines, et chacun recopie en moyenne trois cahiers par jour. Notons enfin que l'examinateur coupable de fraude est passible de la peine de mort.

56. *Les appâts de Dongjun vous surpassez encore* : Dongjun est l'esprit du printemps, et le *printemps* est en chinois un euphémisme pour désigner l'amour.

57. *Le jeune homme qui cueillera les Branches de l'Osmanthe* : toute une mythologie entoure l'osmanthe, ou cannelier (*gui*), et l'un de ses attributs est de symboliser la réussite aux examens officiels ; celui qui « cueille les branches de l'osmanthe » — le candidat reçu — répand un parfum aussi délicieux que les fleurs de cette plante. La floraison ayant lieu au huitième mois, donc à l'époque des examens, la lunaison pendant laquelle se déroulent les épreuves est appelée *mois d'osmanthe* (*gui yue*).

58. *Rues bordées de saules* [...] *venelles fleuries* : désigne par euphémisme les quartiers où se trouvent les maisons de plaisir.

59. *Quand, avec le sieur Fan, Jiangnü se maria* : Meng Jiangnü et Fan Xilang sont les héros d'une émouvante histoire populaire chantée depuis des siècles par les conteurs, qui raconte comment Jiangnü traversa toute la Chine pour apporter des vêtements d'hiver à son mari (décédé avant son arrivée) envoyé de force construire la Grande Muraille, à l'époque du Premier Empereur (IIIe siècle av. J.-C.). Auparavant, les deux époux s'étaient unis en prenant à témoin les saules qui se trouvaient là.

60. *Lorsque Dame Han à Yu You se donna* [...] : Han Cuiping, dame du palais à l'époque de Xizong des Tang (IXe siècle), écrivit un poème sur une feuille morte. La

feuille fut trouvée par le jeune lettré Yu You, qui lui répondit de la même manière. Par la suite, ils devinrent mari et femme.

61. *La Cour aux Cithares* (*Qin tang*) : cette expression désigne le tribunal de la sous-préfecture, par allusion à un passage des *Printemps et Automnes de Lü* (*Lü shi Chunqiu*, composé vers 284 av. J.-C.) : Mi Zijian jouait du qin avec une telle perfection que l'harmonie de sa musique suffisait à maintenir la paix dans la circonscription dont il avait la charge.

62. *L'Étoile du Bois* (*Mu xing*) : Jupiter ; ici, il s'agit bien sûr d'indiquer que son destin était d'être soumis au bois de la cangue.

63. *Elle n'a point encore coiffé sa chevelure* : elle n'est pas encore arrivée à l'âge nubile où la jeune fille rassemble ses cheveux en chignon et les maintient à l'aide d'une épingle de tête.

64. *Dans une maison de pierre perdue au fin fond des montagnes, un bûcheron y laissa pourrir le manche de sa hache* : allusion à une histoire racontée dans *La description des étrangetés* (*Shu yi ji*), de Ren Fang (vi^e siècle) : parti couper du bois au Mont de la Maison de Pierre (*Shishi shan*), le bûcheron Wang Zhi trouve un groupe d'enfants qui l'invitent à jouer aux échecs ; à la fin de la partie, il s'en retourne et s'aperçoit que le manche de sa hache est complètement pourri : plus d'une génération s'était écoulée ! Il existe deux sortes d'échecs chinois : le plus populaire, sans doute celui auquel jouent ici les gardiens, est le *xiangqi* (*échecs avec ministres*) ; il ressemble beaucoup au nôtre et le but en est la prise du général du camp adverse. Le *weiqi* (*échecs par encerclement*) est quant à lui infiniment plus difficile et consiste à se tailler des territoires aux dépens de l'adversaire. Il nous est plus connu sous son nom japonais de *go*.

65. *Ce qui valut à Jiangcun, vers la fin d'un été, d'emprunter à sa vieille épouse de nombreuses feuilles de papier à peinture* : il est difficile de savoir à quoi se rapporte cette allusion fort obscure, d'autant que le surnom de Jiangcun a été adopté par au moins cinq personnages différents entre les xive et xviie siècles. La mention des

feuilles de papier semble indiquer qu'il s'agit d'un peintre ; si l'on admet que l'auteur est bien originaire de Hangzhou, peut-être pourrait-il s'agir de l'un de ses compatriotes, un portraitiste des Ming nommé Yu You, dont on ne sait hélas pratiquement rien. Il semble fort improbable qu'il puisse s'agir du célèbre peintre et esthète Gao Shiqi (1644-1703), lui aussi originaire de Hangzhou et lui aussi porteur du surnom de Jiangcun, car tout laisse à penser que la préface au recueil a bien été signée en 1640.

66. *Vos huit caractères* : rappelons tout d'abord succinctement que le rituel du mariage traditionnel se déroule en six étapes : 1° échange des cadeaux (comportant en principe une oie sauvage, mais plus souvent domestique), 2° demande des noms, 3° réception de la carte auspicieuse, 4° confirmation des fiançailles (avec nouvel échange de cadeaux), 5° fixation de la date du mariage, 6° accueil de la mariée, que l'on va chercher chez ses parents. L'étape à laquelle on assiste en cet hymen précipité est la troisième : la mariée reçoit une carte sur laquelle ont été inscrites les coordonnées relatives à l'année, au mois, au jour et à l'heure de la naissance de la candidate au mariage ; le système chinois de décompte de ces différents paramètres consiste en une association par paire de l'un des dix caractères cycliques appartenant à la série dite des *Troncs Célestes* (*Tiangan*) avec l'un des douze caractères de la série dite des *Rameaux Terrestres* (*Dizhi*). On obtient ainsi quatre combinaisons de deux caractères, les *huit caractères*, qu'un devin confronte par divers calculs à ceux du candidat-fiancé pour connaître la compatibilité — ou l'incompatibilité — des deux impétrants. Il est donc fort risqué de se marier en brûlant cette étape...

67. *Les quatre trésors du lettré* : bâton d'encre, pierre à délayer, pinceau et papier.

68. *Les cahiers d'examens (kao juan)* : les candidats devaient se munir de trois cahiers réglementaires pour écrire leurs compositions ; ces cahiers étaient de dimensions définies et comportaient un nombre de pages précis pour chacune des trois épreuves.

69. *S'inscrire à la préfecture de Yingtian* : c'est-à-dire de Nankin, qui fut désignée sous ce nom jusqu'à la fin des Ming. L'inscription aux examens était obligatoire ; on remettait alors au candidat un certificat lui autorisant l'entrée à la maison des épreuves.

70. *On arriva au cinq du mois* [...] : l'examen de licence est composé de trois épreuves qui se déroulent successivement les 9e, 12e et 15e jours du huitième mois. Le 5, les copistes et correcteurs font leur entrée officielle au local d'examen. Avant cela, ils participent à un banquet en compagnie du président d'épreuves et de ses assesseurs. L'instance suprême de surveillance du concours est constituée par deux Examinateurs Impériaux nommés par le souverain et souvent choisis parmi les membres de l'Académie *Hanlin*. Ces personnages ouvrent les cérémonies en se prosternant neuf fois (en trois génuflexions) en direction du nord, c'est-à-dire vers l'empereur. Les cérémonies d'ouverture des épreuves sont fort pompeuses et mobilisent la curiosité de toute la ville, comme on le constate ici.

71. *La nuit venue, à la troisième veille* : la première épreuve, le 8 du huitième mois, s'ouvre officiellement la nuit ; plusieurs coups de canon sont tirés à partir de minuit, et les candidats doivent se rendre à l'appel dans l'ordre des circonscriptions administratives indiquées par affichage. Les participants se présentent avec leur literie et la nourriture nécessaire (celle-ci est destinée à compléter l'ordinaire, généralement infect, servi gratuitement aux participants). Ils doivent passer une fouille d'autant plus stricte que les soldats chargés de cette opération gagnent trois taëls s'ils dévoilent une fraude. L'obsession de la tricherie est telle que sous les Qing l'épaisseur des pierres à encre est réglementée et que les tubes des pinceaux doivent être troués comme de la dentelle pour s'assurer qu'on n'y a pas glissé d'anti-sèche ; les petits pains sont impitoyablement coupés en deux et gare aux doublures des vêtements !

72. *La fête de la mi-automne* : une des principales fêtes de l'année, le 15 du huitième mois. On y admire la clarté limpide de la lune d'automne et on mange à cette occasion des gâteaux de lune, redoutables étouffe-chrétiens.

73. *Du Dieu des Murailles et des Fossés* (*cheng huang*) : la divinité tutélaire d'une ville.

74. *Nous compterons sur les bons offices de Chang'E* : rappelons que Chang'E, la Fée de la Lune, est particulièrement honorée ce jour de l'année.

75. *Son nom fut inscrit dans la gazette* : les gazettes officielles existaient depuis les Tang (618-907). À l'occasion des examens, on rendait ainsi publics dans tout l'empire les noms des heureux élus.

76. *Se rendit à la capitale passer les examens du doctorat* : l'examen métropolitain qui donne accès au grade suprême de *jinshi* (*docteur*) a lieu tous les trois ans et se déroule le deuxième mois de l'année qui suit celle des concours de licence. Ainsi, les licenciés reçus peuvent aussitôt tenter leur chance à l'épreuve supérieure.

77. *Les Dix Interdits* (*Shi jie*) : ces Dix Commandements bouddhiques désignent les interdictions de tuer, de voler, de forniquer, de mentir, de boire de l'alcool, de se parfumer, de danser, de coucher sur des lits trop moelleux, de manger en dehors des temps prévus, et d'acquérir de l'argent ou des bijoux.

78. *L'Oiseau Peng* : cet oiseau fabuleux mentionné dans *Zhuangzi* (I, *Xiaoyao you*) est à l'origine un poisson géant. Il symbolise le destin grandiose de l'homme de génie.

Composition Bussière
et impression Novoprint
à Barcelone, le 18 septembre 2012
Dépôt légal: septembre 2012
1ᵉʳ *dépôt légal dans la collection: décembre 2003*

ISBN 978-2-07-031280-1./Imprimé en Espagne.